旅の窓からでっかい空をながめる

椎名 誠

角川文庫
23943

旅の窓から
でっかい空を
ながめる

目次

活気にあふれたアジアの窓 I……9

北の窓

南の窓

活気にあふれたアジアの窓 I

ヒトもイヌものったりウトウト

外国に行ってその日の宿が決まり、一息ついたときがいちばん幸せな時間のような気がする。国によって長距離飛行やトランジットやイミグレーションでの手続きなどにいろいろストレスがあるが、そういうものを通過してやっと数日間の寝場所を得た、という安堵《あんど》感《かん》だろうか。

その次にぼくが行動するのはどこの国でもその町の市場へ行くことだった。欧米のそれは、ほとんどパッケージングされた食品がきれいに並んでいる日本のスーパーと変わらないところがあるからさして面白くはないが、アジアの途上国などだとその国の人たちが食べている食品の素材が自分の目で確かめられ、客のいないあいまに、そこでぼんやり客待ちをしている地元のおばさんなどとコンタクトできる。

珍しいくだものや魚などがあると、これは何？　と質問することもできる。答えはほとんど現地語だから意味は分からないが、まあ当初からそれは予測していたこと。

カメラを持って市場の中をぶらぶら歩くことで、ああ、あの人は気楽な旅行者だ、という認識が何か不思議な伝達機能によって市場中にひろがっていくような気がする。そうなるとむこうも安心するのか市場で物売りをしているおばさんやおじさんの顔などもごくごく自然な状態で写真に撮ることができる。

日本はいつの間にか肖像権などというしゃらくさいことをあれこれ言いだすようになり、なかなかそんなふうにはいかなくなってしまった。それよりも何よりも、きれいにパッケージングされた商品や、冷蔵された食品棚のほぼ完成間近な食品を見ても、写真を撮る気にはならない。

途上国の市場で共通して気持ちのなごむ風景は、犬が数匹、必ずうろついていることだ。別に販売員の誰かが飼っているわけではなく、犬は犬の考えと目的をもってその市場に通ってきているように思えた。市場の人々も慣れているから、弁当の余ったものや、ちょっと古くなったようなものをうろつく犬に気軽にほいほい投げている。それはそれでごくごく簡単な助け合いに満ちたつながりになっているように思った。

日本の街中で写真を撮るのがつまらなくなったのは、鎖などつけずに、犬は犬の用事で自由にそこらを歩き回っているのをいまや（特に都心などでは）全く見なくなってしまったからだろう。それが先進国のひとつの風景なのだろうけれど、人間と最もつながりの深いといわれる犬が、生活圏から強引に追い出されているのを見慣れている目からすると、市場などでの人間と犬、双方の、こともなげな相互助け合い！　が成立しているのはなんともうらやましい。

与えられた食べ物に満足して、まだ客のあまり来ない夕刻前に、そこらで無造作に寝転がっている犬のいる風景が大好きだ。

犬は犬の用事で自由にそこらを歩き回っている。
まだ客もチラホラの市場ののんびりした午後。

朝、夕の水くみ

途上国の子はよく働いている。

ここはラオスとカンボジアの国境付近。

少女は小学六年生ぐらいだろうか。

水道などきていないので、このあたりの子供は家で使う水くみが毎朝、毎夕の仕事だ。メコン川の、バケツで水をくみ出せるようなところに行ってふたつのバケツをいっぱいにする。そしてそれをてんびんにして家までたいてい三往復ぐらいする。

川から家までは土手を登り下りして三百メートルぐらいの距離だった。

その村の村長さんに会ったが、以前、日本の民間視察団体のようなところがサンダルを三百足ほどプレゼントしてくれた。そのとき可哀相だから子供に労働させるな、とかなんとか言ったらしい。

大きなお世話じゃないか。

少女は小学6年生ぐらいだろうか。
こうして毎日朝、夕、水をくんで家に運ぶのが日課という。
急な土手を越えて水をこぼさずに——けっこう重労働だ。

このあたりでは男女問わず小さい子供が家事手伝いするのはあたりまえで、女の子が水くみしているあいだ男の子はいまにも沈みそうなカヌーに乗ってメコン川のトロ場（流れのゆるい深場）にいって五〜六メートルもぐり、いろんな種類の川魚を銛《もり》でついている。仲間同士笑いながらやっているが、それもその家の夜の食事になる重要な家事手伝いだ。

そのくらいの年齢で毎日動き回っている「川ガキ」だからみんなタフで丈夫そうな顔と体つきをしている。水くみの女の子などはその水くみの往復でバランスのいい丈夫な全身の筋肉をつくり、やがて健康な子供を産むのだろう。

可哀相なのは、そういうこと（水くみなど）を体験できない過保護の国、日本の子供たちではないのかと思った。

村長さんはぼくに言った。

「日本に帰ったら〇〇さんに言ってサンダルはいちどきに三百足もいらないですから毎年五十足ぐらい送ってくれるように伝えて下さい。あれは藪《やぶ》のなかに入っていくのにとても楽で助かりました。でも壊れてしまうとわたしらではもうなおせませんので」

その村から出たことのない村長さんは、日本だとどこの誰とでもすぐ電話で話が伝わると思っているようだった。

そういう視察団が途上国に行って何か物資援助をするのはたいへんけっこうなことだけれど、いっぺんになにかドサッと、というのではなく一度プレゼントしたらそのあとにも続くようにしてあげないと彼らの生活のペースをどんどん狂わせてしまうことになるのかもしれない、ということがよくわかった。

この村にはカセットテープレコーダーがあった。やはり日本人の観光視察団の誰かから貰《もら》ったものだという。

そうとう古いもので電池など手にはいらないこういう村では時間がたつとなんの役にもたたなくなるものだ。どういうつもりでその観光団は彼らにそれを渡したのかいきさつはわからないけれど、外国の途上国へいって持っていったいろんなものをあげてめずらしがられて喜んでいる意味のわからない行動をしている日本人をよく見かける。見ていて嫌な気になるのは物質最重要主義の権化である自分の国を目のあたりにしている反感が大きいからだろうか。

森のパチンコ少年

ラオスの首都ビエンチャンに行くと、メインストリートの左右には観光客に向けた民族的なお土産品やその土地ならではの料理店などが並んでおり、夜になると道路の真ん中を使ってかなり長い屋台の列ができる。メインストリートだから、日本でいえば銀座《ぎんざ》通りの真ん中に屋台を並べたような具合になるが、この国は屋台の左右に車が自由に走り、共存しているのだ。

世界最貧国のひとつでもあるから、どちらにしても質素だけれど、屋台本来の静かに浮き立つような賑《にぎ》わいがあって情緒豊かである。かつての穏やかながら好奇心に満ちた日本の昭和の頃の気配が横溢《おういつ》していて、精神的に深くて豊かな感情、感覚の様々を刺激してくれる。

ただしかし、にぎやかなのはそういったエリアぐらいのもので、ちょっと奥地に入って行くと、懐かしい光景にいろいろ出っくわす。

メコン川沿いにはたくさんの少数民族の集落があって、モン族やアカ族などはそれぞれ全く違う民族衣装を着ているので、旅する者にとっては貴重な光景が連続するようになる。

21ページの少年はモン族の小学生ぐらいのやんちゃ坊主。目を引くのは首から下げている木の叉《また》を利用した大きなゴムパチンコだ。日本でも昭和の子どもたちはみんなこれと同じようなものを作って、空き缶などを石ダマで狙い撃ちする遊びをした経験があるはずだ。けれどラオスの辺境の少年たちは、山の中に入って行ってリスやイタチ、キジなど、野生動物を狙い撃ちすることが中心だった。

この子がどんなふうに捕るのか実際を見せてもらいたかったが、朝早くにそうっとジャングルの中に入って行って、射程距離まで近づかないとなかなか当たらないと言っていた。しょっちゅうそんなふうにして山の中に入っていき、チビながら、たくさんのエモノ獲得の経験があるようだった。

とらえてきたリスやキジは自分の家の通りに面したところなどを使って吊《つ》り下《さ》げておき、売り物にするのだという。実質的な小遣い稼ぎになるわけだが、それほど通行人がいるわけでもなく、観光客などもこのくらいの辺境地になると滅多にやってこないから、お客は近所にいる人らしい。そっくり売れ残ることも多いという。売れ残ったそれらの獲物は家での夕食に供されるのだ。

　この子の立っているすぐ隣で、お姉さんが編み物をしながら獲物のキジとリスを売っていた。売れ行きを聞いたが、今日はまったくだめだ、と笑いながら言っていた。

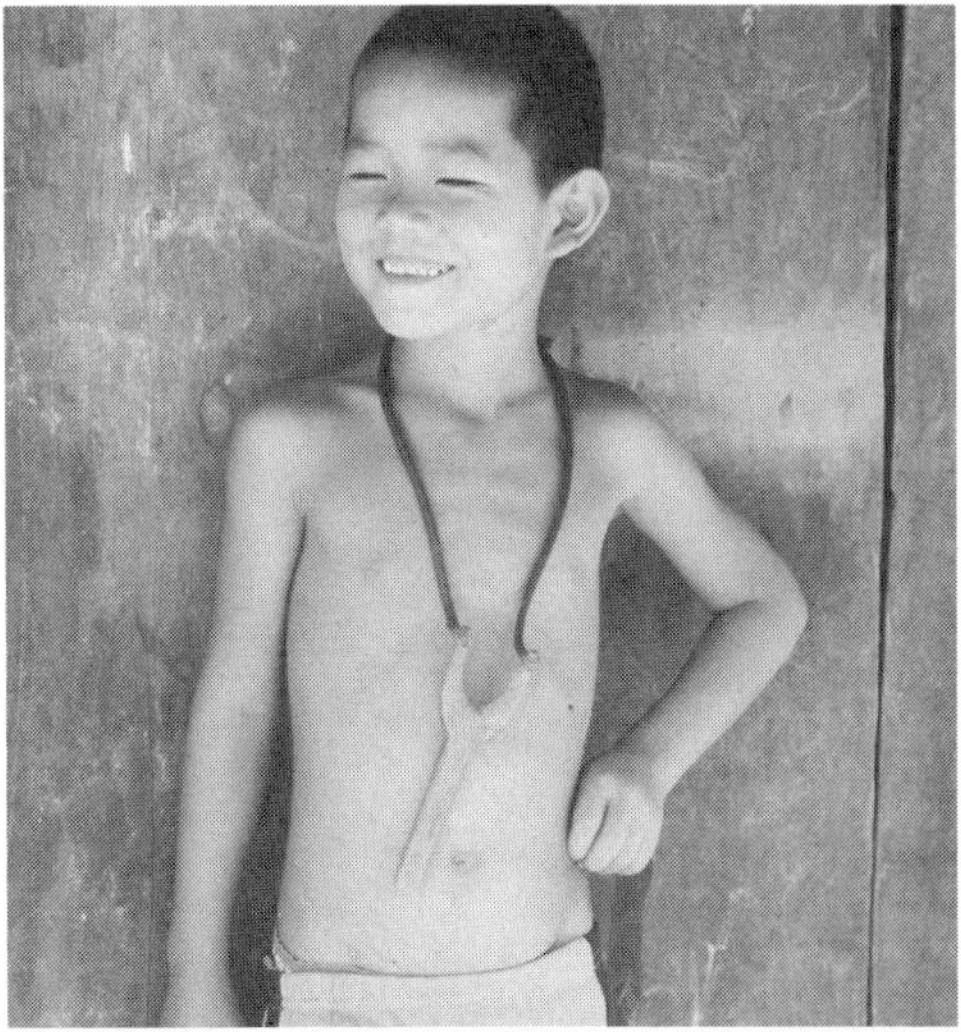

目を引いたのは首から下げている木の叉を利用した
大きなゴムパチンコだ。
少年はこれでリスや鳥を見事に仕留めていた。

国境の微妙なすれ違い

メコン川はたくさんの国を貫いて流れている。上流からいえばチベット、中国、ミャンマー、ラオス、タイ、カンボジア、ベトナムという具合だ。国境には川を横断する目に見えない線があるのだが、実際には五百メートルぐらいの距離をおいてそれぞれの出入国管理所があり、その間はどこにも属さない。

この写真は、ラオスとカンボジアのちょうど真ん中あたりで、水牛に乗っている男はラオス側からカンボジアに向かっているところ、自転車の少年はカンボジアからラオスへ向かっているところだ。この区間は車では通り抜けられず、人間は車を降りてそれぞれのエリアへ入る。ただし水牛や自転車は車ではないようで、このように乗ったままのんびり通関し、それぞれがすれ違ったりしているのだ。

こういう光景を見ると国境とはなんだろう、という素朴な疑問が浮かんでくる。川は上流から下流に向かって流れていて、そこにはたくさんの魚が行き来している。当

水牛や自転車に乗ったままのんびり国境を行き来する人びと。
メコン川の水流の中の魚たちも自由に行き来している。

然ながら魚には国境など関係ない。ただそれをどちらの国で捕獲するかによって、いろいろな価値観の違いが見えてきたりするわけだ。

国境警備はどちらの側もそれほど緊迫した気配はなく、イミグレーションの係員はかなり簡単に機械的にスタンプを押している。そのとき気がついたのは、こうした自転車や水牛に乗って移動している人たちはどうもパスポートの提示など求められていないようなのだ。そういう風景はなかなかヒューマンかつユーモラスで心地がいい。

でも遠い昔には、この見えない線で区切られた国境の上流と下流の国々が激しい戦争の場になっていたのだ。カンボジアのアンコールワットに行くと、その当時のメコン川での戦闘模様が膨大な規模で石に彫られている。当時の戦闘用の船に乗っている者は旗や武器を掲げ、それとは別に川の中を泳いでいると思われる兵士たちも鮮やかに描かれている。

目を奪われるのはそうした水中を行く兵士をワニが襲っている光景がけっこう多いことだ。ワニは今でももっと込み入った水路などで棲息《せいそく》しているのが見られるらしいが、漁師の獲物の魚類を襲うので、地元の人々にかなり長い期間にわたって捕獲され、今ではすっかり数が少なくなったという。

また別な言い伝えでは、上流にある国が下流にある国を攻撃するために、まず最初に大量の毒を流したという記録がある。そうした行為が戦争の発端となり、メコン川は国境ごとに常に紛争の歴史を経ているのだ。

メコン川が流れるインドシナ半島は戦争の半島といわれている。ほんの数十年前まで北と南のベトナムで戦争が繰り広げられ、たくさんの悲劇を生んだし、カンボジアではポルポトによる自国民の大量虐殺なども未だ記憶に新しい。そんなことを考えると、こののんびりした写真に大いなる愛着を覚えるのだ。

トラクターがわりの水牛

インドシナ半島のメコン川沿いは水田が広範囲に広がっていて稲作が盛んである。荒れ地を耕したり、水田そのものを整備するのにトラクターがわりに水牛が使われていることが多い。水牛は泥田の深いところに顔だけ出して仲間ともぐっていることが多く、日本ではめったに見ないから、つくづく不思議な生きものに見える。大きな角が攻撃的で、近くで見るといささか恐ろしい形相だが、やはり牛なのでみんなおとなしく、人を襲うなどということはまずないらしい。

子どもたちは自分の水田へ手伝いに、写真のように水牛の背中に乗って、遊び半分の笑い顔で向かう。水牛は水田では、背後に土を掘り起こす大きな犂《すき》を取り付け、人間の先導によって力強く働いている。

しばらくそんな様子を見ていたが、トラクターなどではなかなか移動が難しい起伏の大きな水田を、思いがけないほどの身軽さで上へ下へ動いていくので、機械よりも

田畑で水牛をトラクターがわりに使っている。
兄弟はこれから親の手伝いに向かう。

なかなか効率的だ。

それから、何よりもこの辺りでは相当な値段になる石油やガソリンなどの燃料を使わずに、自由に働かせることができるのがすばらしい。水牛がそのエネルギー源として食べているのは、そこらの草や虫やカエルなどだ。

枯れた田んぼに水を入れて全体を耕すときに、各家の水牛を集めてきて、五、六頭でパッとやってしまう。人間だけで耕すのに比べて数百倍も効率がいいように思えた。稲を植える時期にはそのようにして各家で飼っている水牛を借りたり貸したりして、機動力をもって作業のスピードを速めているという。水牛がないとインドシナ半島の稲作文化は成り立たないのではないかと思えるほどである。

インドシナ半島を南下する旅をしている途中で水牛の肉を食べさせてくれる民家があった。ふつうの牛のような色合いをしているのだが、肉は思った以上に堅くて、部位にもよるのだろうが、食用としてはよほど好きな人でないと難しいのではないかと思った。

別のあるところでは小学生ぐらいの女の子が、水牛に紐《ひも》をつけて散歩しているような風景を見かけた。正面から見る水牛は、怪物のように大きく威圧的で、その隣に豆粒のような少女がいたって涼しげな顔で歩いているのがアニメーションのヒトコマのようでなんともいえず不思議でかわいらしかった。

インドシナ半島の旅で、あちこちで水牛のそうした働きぶりを見かけたが、鳴き声は一度も聞かなかったように思う。きっとガマン強いのだろう。もし鳴くとしたら牛のような鳴き声なのだろうか、といろいろ勝手に想像したが、それを確認できなかったことがちょっとだけ残念だった。

うらやましい畑の中の小屋

この粗末な小屋は、ラオスの山間部のあちこちで見かける。たいていその近くには開墾中の畑が点在している。日本だとそういうときは重機が入って、またたく間に土地を耕してしまうけれど、この国にはまだそんな余裕はない。結局、農民がくわを使って、日本の昔話にあるような力仕事をするしかない。農業の他に牧畜業を営んでいる人は、水牛を使ってそれをトラクターがわりの機動力にする場合もあるが、それはまあ裕福な農民の場合だ。

この小屋はそういう一日がかりの人力による開墾をしている農民らが休息をとる場所である。木陰になるような大きな木がないときは、このような小屋を造るしかない。屋根の下でよもやま話をしながら涼んでいる風景は、けっこううらやましく見える。風がどの方向から吹き流れて行ってもいいように、壁というものは全くなく、貧しい国にはそれなりにはたからは豊かに見えるこんな風景もあるのだ。

この小屋は人力による開墾をする農民らの休息場所。
ときにはヒルネ涼み台。

ぼくは当初この小屋を見て、やがて作物が実ってきたときに畑荒らしをするイノシシや、人間の盗っ人などを見張るのにも使うのかと思った。でも聞いてみたら、まず人間の盗っ人などはここらにはいない、という返事だった。イノシシは作物が実る頃出てくるが、そういうときは逆に人間のほうの食物として絶好の獲物になるから、荒らされる前に捕まえてしまうよ、と笑っていた。

この小屋には、休みの日など、昼寝をしに来る農民もいるそうだ。これだけの高床式になると、聞いているだけでそれは実に心地のいい昼寝になるだろうなあ、とまたもやうらやましくなった。

似たような光景はインドネシアのバリ島の道端などでも見かけた。もう少し立派なしつらえの小屋になっており、それは宿泊客に提供する涼み台になっているので、バリ島を旅しているとき、そういう小屋のある宿を見つけて泊まるようにしたことがある。周辺にたくさんの木々が生えており、川など流れているから、そこで寝転がっていると本当にいい心持ちになった。それもまたつくづく贅沢《ぜいたく》なしつらえなのだった。

日本でも南西諸島あたりに行くと、海に面した海岸沿いの道端などにもう少し頑丈な造りの高床式の小屋を見ることがある。沖縄では「ゆんたく」といって、そこらに住んでいる人や暇になったおとっつぁんらが泡盛など飲みつつ世間話などをする。そして心地よくなってくるとその小屋で昼寝してしまう。海風が吹いてきて、それはそれでまことに贅沢な風景なのだった。

モン族はいつも盛装している

ラオスの山のなかを旅しているとメコン川沿いに少数民族の集落があって、かなり原始的な生活をしている。モン族とかアカ族が多い。こういう山のなかの生活をしていても女の子は綺麗《きれい》な民族衣装をきちんと着ているので感心した。

まあさしたる地場産業がないわけで、基本的に川や山から糧をえてくる、という自給自足生活だから、そういうきらびやかな衣装も近くでよくみると質素なものが多い。被っている娘の冠が美しくキラキラ光っているので銀とか宝石ではないかと思ったが、そんなわけはなく、よく見るとフランスの古いフラン硬貨などが飾りつけてあった。このあたりはフランス統治の時代が長かったのでその名残りなのだろう。

住民はみんな友好的で基本的にシャイだった。かれらの顔つきは日本人に似ている。言葉の問題で情報がよく伝わらないために、それなりにやや警戒的だが、族長のような人に早めに会って鏡とか縫い針（そういうものが喜ばれる）などをプレゼントする

盛装したモン族の少女。
「生まれて初めて写真を撮ってもらう」と言っていた。

と歓迎態勢となった。

このあたりの人は高床式の、かなり太い木材をつかった立派な家に住んでいて、共同生活をしているケースが多い。

高床式にしているのは何時どんなかたちでおきるかわからないメコン川上流の河川氾濫《はんらん》に備えているからのようだ。

川原の平坦《へいたん》な土地はいわゆるオカボ（陸生稲作）をしていて、日本のようにキチンと雑草を駆除したり畑に肥料をマメにやる、という農法ではないようだったが、川の氾濫がないかぎりそこそこの収穫をあげているようだった。

驚いたのはコメの原種に近いらしい黒いコメがとれる、ということ。そしてこのコメは日本と同じように臼《うす》と杵《きね》で搗《つ》いて餅《もち》にするのだ。餅の搗きかたは日本のとはちょっと違っていてその仕組みを説明するのはちと難しいが、テコの原理を利用している。見ようによれば日本のペッタンポッタンよりは省力化されていて賢い仕組みのように思った。

ほどよく搗かれた餅はすぐに若い女たちが手でまるめて餅団子にする。これは正月とかお祭りのときに作られるのではなく、天候がよくて沢山の収穫があったときに行われるようだ。つまりはまあ収穫祭と感謝祭のようなものだろう。

この日はアジアに多い雑穀を原料に発酵させた「チャン」と呼ばれるわりあい度の強い蒸留酒が振る舞われていた。

男たちはこれが最大のめあてのようでどんどん飲んで酔っぱらっていった。

客人にはその宴のあとに、この民族衣装をつけた若い娘が数人がかりで一人ひとりにマッサージをしてくれる。

何も聞かされていなかったので、最初大勢の娘が押し倒すように群がってきたとき、いったい何をされるのだろうか！　ここは陸の龍宮城《りゅうぐう》か！　と驚きつつふがいなくも一瞬怯《おび》えてしまった自分が恥ずかしい。

ミャンマーのタナカ！

　ミャンマーにいくとまず目につくのがタナカという独特の風習だ。日本ではむかし北国の小さな女の子がリンゴのような赤いほっぺたをしていると言われた。

　ミャンマーではそれが白い。主に女の人が頰に白い塗り物をしている。平均的に一番多いのが両頰に丸く塗っているケースだが、ヤケクソみたいに顔をもう全面的にお面のように真っ白になるまで塗ってしまっている人や、両頰を白くて太い蚊とり線香のようにグルグル模様に塗っている人もいてさまざまだ。

　タナカという木質《もくしつ》のキメ細かい木があって、それを砥石《といし》のようなものの上で擦ると白い木の粉が沢山削りだされてくる。それを水に溶いて顔に塗る、というだけなのだが、効用というか最大の目的は「日焼け除け」である。

　でも市場などにいくと、とことんまで日焼けしているしわしわ顔のおばあさんまでこのタナカを塗っている。真っ黒なしわしわの顔の肌の奥にまで乾いた木の粉がもぐり込んでいて、ここまで真っ黒になっているのに日焼け除けの意味がどれだけあるんだろうか、と思わず首を傾げて不思議に思ってしまった。

41ページの写真の子などはまだローティーンらしいのだが、親が描いてくれたのか自分でそうしたのか左右対称に「葉っぱ」の模様がくっきりしていて、こうなると「日焼け除け」よりも「個性的なおしゃれ」といってもいいくらいだ。

ミャンマー人に聞くと、日焼け除けを意識していてもいなくても、タナカを塗っておかないと今は恥ずかしい気持ちになる、などと言っていた。

さらに「まったくの素顔でいると、あの人はタナカを塗るお金もないのだなーなどと言われてしまう」という人もいた。

ミャンマーの女性は普段は丈の長いロンジーと呼ぶ腰巻きをしていて、タナカはそういう姿にこそ似合って「おしゃれ」に見えると思う。けれど、都会では欧米ふうのそれこそおしゃれなファッションにタナカを塗っている人もいて、それはなんだかチグハグに見えた。どんどん都市化しているミャンマーではファッションと実用と、しだいに使いわけする女性が増えてきているという。

ミャンマーの女性は美形が多いからタナカなど塗らずにいたらもっとずっと綺麗に見えるだろうに、とミャンマー滞在中によく思ったものだ。

軍事国家になって長いことミャンマー全体が鎖国状態になり、外部からの文化が入りにくく、経済事情も悪かったから「おしゃれ」の文化も孤立していった、という事情もあるのだろう。イスラム圏でいまも強制されている思春期あたりになると顔を隠すブルカなども、折角の美しい顔を見せてあるくことができないわけだから、民族的に積み重なってきたフラストレーションはいかばかりか？　と要らぬ心配をしてしまう。風習というのはしばしば残酷なものだ。

そういえば日本にはそのむかし既婚女性が歯を黒く塗る「お歯黒」という、これもいま思えば不思議な風習があった。

この子のタナカは「日焼け除け」よりも
「個性的なおしゃれ」といっていい。

かわらぬやわらかい微笑

ミャンマーはやるせなくてかわいらしくて少々もの悲しい国だ。ぼくがこの国を旅した時は軍事政権が強固に国中をがんじがらめにしていて、スーチーさんはもちろん自宅に幽閉状態。その近くにも行けないようなピンと張り詰めたきびしい空気が、首都ヤンゴンに満ちていた。町は喧騒《けんそう》にあふれていたが、世界最貧国のひとつといわれるだけあって、道を行く人々の服装はシンプルかつ貧しい。

旅を続けるうちにだんだん親しくなっていったミャンマー人の多くは、車のゴムタイヤから作った、日本でいえばビーチサンダルのようなものをはき、男も女も下はロンジーという腰巻きひとつ。上に半袖《はんそで》のいずれも洗濯して再生するにはもう限界がきているようなシャツを着ていた。

タクシー代わりに自転車の前に人が二人乗れる程度の座席を作った、アジアでよく見る簡易バイシクルのようなものが、熱風に向かったり押されたりしてにぎやかに行き交っている。

あちらこちらにパゴダと呼ぶ黄金色の大小の仏塔があり、たいていのところが信者たちでにぎわっていた。礼拝の人々はパゴダの前にひざまずき、男も女も腰を少し崩すようにして（横ずわりというやつ）座って手を合わせ、パゴダや周辺の仏像などを拝み、床に頭をつけて何事か祈る、ということを繰り返している。

世界のいろいろな仏教国を見てきたが、このミャンマーの仏教は象徴となる仏塔（パゴダ）が、まあ簡単にいってしまうと、お正月に我々が飾る鏡餅《かがみもち》のような格好をしているので、とにかく全体がほんのり〝まあるく〟優しい慈愛のようなものに満ちている。人々の拝礼の仕方も特に鳴り物や読経《どきょう》といったものはなく、ただもう全身の力をなげうったように崇《あが》めるものに向き合っているという感じだった。拝むというより深く瞑想《めいそう》しているようにも見えた。

さらに特徴的なのはその瞑想している時間が恐ろしく長いことだった。ガイドのミャンマー人に聞いたら、朝から夕方まで同じ場所で瞑想という名の拝礼を続けている人もいるという。このパゴダを中心とした礼拝所は国中に無数にあり、どこの町もそこが中心になっているようだった。

もうひとつ、ミャンマーの人々から感じたのは、誰もが例外なく心地のいい対応をしてくれることだった。多くの国で、外国人と見ると言葉たくみに近寄ってきてうまいことを言って、最後は金銭目当ての悪事を働く人がいるが、そういう気配は皆無だった。むしろ働いている人や道を通り過ぎる人々と顔を合わせると、たいてい心から優しい微笑を差し向けてくれる。日本にはもうめったにない「アジアの微笑」がこの国の最高の魅力だろう。

書き忘れたが、最近は男もタナカを塗っているのが増えた。そしてロンジー一枚。ポケットがないのでその腰巻きのうしろのくるところにサイフを挟んでいる。すぐ抜きとられそうなこころもとなさだが、金はいつもほとんど入っていないから問題ないらしい。

ある小中学校の近くを通ったら、窓からたどたどしく「こんにちは」のあいさつがある。見上げると、休み時間なのか三人の子供らが美しく笑ってみせているのだった。ミャンマーよ平安であれ、と思う日々だった。

「こんにちは」とあいさつしてくれた子供たち。
みんないい笑顔だ。

窓から話しかけるやさしい仏像

一九九二年、モンゴルがソ連の影響下にあるいわゆる衛星国の状態から離脱し、モンゴル国になったあたりから、連続してモンゴルに行った。それまでソ連にならって一党独裁だった枠が外れて、ただのモンゴル国となり資本主義経済への道が開放され、長い間の抑制から逃れたからだろう、二年に一度ぐらい行くたびに、ものすごいスピードで町の様相が変わっていった。メインストリートを馬やラクダが歩いていた風景はもうどこにもなく、自動車がものすごいスピードでぶっ飛ばしていた。その急速な変化のありさまを見て、なぜかその国への興味が急速に薄れていった。

つい最近モンゴルに行ってきた人の話によると、目下は物質主義が急速に進んでしまったあまり、不名誉ながら世界のトップクラスをいく産業廃棄物場や不法ゴミ捨て場などが国中にちらばり、国家そのものが廃棄物汚染の状態になっているという。

モンゴルでは、彼らがいらないものは何でもかんでも草原に捨てているのをよく見ていた。何しろ広い国（日本の四倍）だから、しばらくはそういうめちゃくちゃな廃棄物投棄を広い国土は受け入れられていたのだろう。けれど、それも限度がある。今は遊牧民が羊や牛の群れを馬で追って行くという牧歌的な風景もじわじわ消滅しつつあるという。

話はかわるが今アジアの中でいちばん心配なのはミャンマーではないかと思う。ここに行ったのは、二〇〇一年アメリカ同時多発テロ事件の一か月後のことだった。軍事政権による秘密主義は、ああした世界的な大事件をテレビ、ラジオ、新聞などで一切報じることを禁止していたので、驚いたことに、国中を歩き回っていても誰もそのこと（同時多発テロ）を知らなかったのである。

同時に、途上国が経済力を持ってくると環境を汚染するコンクリートや鉄の建造物をあちこちにこしらえるものだが、ミャンマーはそれを軍事力のほうに投じていた。そうした背景もあってか、ミャンマーの多くの風景は、ほとんど人間の手が加わらない自然だった。その中で田園と寺院だけがきわだっていた。

寺がいくつも連なるような道を歩いて行くと、いたるところで仏像を見たが、日本の仏像とはだいぶ様相が違っていた。たとえば49ページの写真にあるように、角を曲がった先の家の窓が開いていて誰かが顔を出しているな、と思いながら通過していくと、それは二階の窓から下を見下ろしながら何かをおしらせしているような、あるいは何かをさとしているような仏像なのであった。ヒゲを生やし国籍不明の顔をしているが、このような加工をされるとなにやら親しげな気持ちになり、次の角を曲がるのが楽しくなる。

あるところではタイガーバームを作っている会社のスーツを着た、〝社員仏像〟とでもいう神サマと出会ったりする。じっくり見ると片腕のよく目立つところに腕時計をはめているモダンな仏像で、ここまで人間社会に近くなってくると、外国の仏教であっても不思議な親しみを感じるのだった。

2階の窓から見下ろしながら何かをさとしているような仏像。
ロヒゲがちょっといやらしいのだが……。

チーク材で造られた長い長い橋

ミャンマーの北部にタウンタマン湖という湖があり、その周りはごく普通の家々があって、観光地としても十分機能している涼しくて美しいところだった。

この湖ではなんといってもチーク材だけで造られた長さ千二百メートルにもなる立派で美しい橋が有名だ。土地の人の案内によると、この橋は千八十六本の太いチーク材を使って作ったまっすぐな長い橋で、向こう岸の町とこちらの町とをつなげている。

この橋はここらに住んでいる人に日常的に利用されているようで、様々な人が行き交っている。日よけ傘をさして行く母子や、自転車をひいていく僧侶《そうりょ》や、日本でいえばリヤカーのようなものにたくさんの品物を乗せていく商人、托鉢《たくはつ》の鉢を抱えているお坊さんのちょっとした行列などなど、大勢の様々な人々が静かに行き交っている。

さっそくぼくもその橋を渡ってみた。通行料などというせこいものは取らない。橋の高さは水面から七、八メートルはあるようだが、欄干というものが一切ないけれど

高さ8メートル長さ1200メートルもある立派で美しい橋。
定点でずっと見ていると映画のようで面白い。

橋の幅が十分広いので、高いところが怖い人にも問題はなさそうだ。

その日は対岸の村でお祭りがあるようで、いつもより行き交う人がたくさんいるらしい。橋を渡ってわかったのは、水深がそれほどないらしく、湖の中に入って釣りをしている人がけっこういた。小舟などはないので、岸から歩いてきたのだろう。その中には少年もいて、ちょうどタイミングよく、日本の淡水魚であるハヤに似たスマートな魚を釣り上げたところだった。

対岸に着くと、なるほど村祭りのにぎわいで、通りの左右にはたくさんの屋台が並んでいる。ゲーム屋さんが広げたシートの上では、日本的にいうところの大きなすごろくのようなものが人気で、縦横三十センチはありそうな巨大な紙を貼って作ったらしいサイコロを転がしている。サイコロには鳥や虫などの絵が描いてあり、日本のシンプルな記号だけのサイコロよりもおもむきがある。地面に広げた大きな紙にもばらばらに同じ絵が描かれている。サイコロを転がして下に敷いた紙の絵と一致したら、そこに賭《か》けた人にごほうびが出るという、これも世界共通のわかりやすいゲームのようだった。そこから少し行くと、食べ物屋さんの屋台が並んでいて人だかりがある。鉄板の下に火があってその上で日本でいえばお好み焼きのようなものを焼いていた。

このお祭りの本番はどうやら夜のようで、ひときわにぎわっている木立の中の神殿で、大人向けのお祭りが始まるらしい。祭りの内容を知りたかったが、通訳の説明がなかなか難しい。なんとなく理解したのは、生き神様のような人が出てきて、青森の恐山にいるイタコのような、生者と死者との取り次ぎをしてくれるらしい。

最大の見せ場はナップエーと呼ばれる憑依《ひょうい》の儀式のようだった。その現場を見るには数時間も待たねばならないというので、やや後ろ髪を引かれる思いで、その日は旅の先へ急いだのだった。

男の夢のカユイ家

釣り好きの男（ま、男にはかぎらないけど）には夢のような風景にであった。場所はベトナムの田舎。そのあたりは湿地帯で、メコン川の水があちこちに沼地を作っている。

そこに高床式の家がぽつぽつあって、ごらんのように家の窓からこの家のアルジらしき男が釣りをしている。

そばに家族がいて、息子らしい男の子も自分の小さな竿《さお》を持っていた。

ぼくはその家から十五メートルぐらい離れた農道にいて、さして先をいそぐ旅でもなかったのでいったいどんな魚が釣れるのだろうかとしばらく眺めることにした。夢の成果を見届けたかったのだ。

その家のアルジをはじめ奥さんらしき女性や子供はぼくが観察していることにすぐ気がつき、こっちを見て曖昧《あいまい》に笑ってみせた。ぼくも曖昧に笑う。

釣り好きの男には夢のような風景にであった。
ただし、いたるところからヤブ蚊が攻めてくる。

ベトナムの人々はたいていこころねがやさしく、シャイだけれどできるだけ相手がここちよくしてもらえるようにいつも考えているみたいで、そのときも、いきなり現れた釣り見物のぼくの期待にこたえようと、にわかにそれまでよりも竿先に神経を集中させたのがわかった。

おかしなもので、そうなるとこっちもほんの「お手並み拝見」という気分で立ち止まっただけなのにもかかわらず成果がでるまで見物していないと済まないような気分になる。

（たぶん）そういうときにかぎってサカナはきまぐれにどこかに散逸してしまうものなのだ。

照れくさいのかそのうちアルジは何か言った。笑い顔とともにだった。言葉はわからないが一カ月におよぶこのあたりの旅で「魚」の単語はわかるようになっていた。アルジは言いながら家の横のところにもやってあるこのあたりではサンパンとよぶ小舟を指さした。

どうやらその小舟に乗ってこっちへきて一緒に釣らないか、と言っているようであった。ぼくがふたたび曖昧に笑顔を返していると、まだ小学生ぐらいの息子がサンパンを上手に操ってぼくを迎えにきてくれた。

こういうときは遠慮はいらない。高床式の家の中や暮らしぶりがどんなふうになっているのか知りたかったので喜んでその家におじゃました。

サンパンを結びつけるところは二メートル四方のつまりは舟つき台とか台所、洗濯場になっているようで、そこにビクがあり、釣りの獲物らしい何種類かの小魚がけっこう入っている。十五センチ前後はあったからなかなか立派なものだった。

家のなかは板と竹を上手にくみあわせ数本の大きな柱が家全体を支えていた。

このあたりは「洗面器ごはん」といって炊いたごはんに小魚の煮汁をかけてそれを家族みんなで手をつかって食べる。コメさえあれば取り敢えずの自給自足の生活がなりたっているようであった。ただし窓は網戸もガラス戸もないから、窓から釣りをしてみると、蚊がたえずまとわりついてくる。それに慣れるまでそうとうの時間が必要だった。

ベトナムのウリボウと美人

ベトナムの寒村地帯をあちこち歩き回る旅をしていた折、目的の村の俯瞰《ふかん》撮影をするために山道に入っていった。途中、枝道がいくつかあるので、ガイドと行かないとえらいことになるよ、と言われ、プオン君という名の、まだ中学生ぐらいの少年に案内してもらった。崖《がけ》ぎわのくねくねした道を進んでいった。

ベトナムの田舎の山道となるとすぐ近くにいろんな野生動物が現れる。たいていは逃げていくが、途中から草むらをガサゴソいわせてとび出してきたのはどうもイノシシのようだった。といっても子犬ぐらいの大きさで、まだ成長段階でウリボウといわれる縞々《しましま》模様がちょうど消えたぐらいの子どものイノシシだった。

なかなかかわいいので写真を撮ったが、ちっとも逃げようとしない。そればかりかその後、ぼくのあとをついてくるようになった。旅ゆけばこんなこともあるのだなあ、と大変感心しながら、よろこびつつ先を進んだ。

ぼくがいちばん気にしたのは、崖道からジャングルに入るときに、木の枝にからまって、下を通る獲物を狙う緑色の細長いヘビだった。けっこうたくさん生息していると聞いており、毒ヘビで、あたりの緑に同化して、なかなか見分けられない危険なやつだという。

まあそんなふうなちょっとした半日のタンケン旅からホーチミンの町に戻ってきたら、わずかな時間差なのに、ホーチミンが最初見たときよりもずいぶん都会に見えて、少しばかり感動した。

疲れたので、有名なマジェスティックホテルの屋上でビールを飲み、別なところに行っている同行者を待つために町へぶらりと散歩に出た。あと二、三日で帰国するのだがお土産となるようなものは一切買っていなかったことに気がついたのだ。

最初に入った店は日本でいう骨董《こっとう》品店で、なかなか面白そうなものがぞんざいに並べられている。けれど割れものが多く、日本までちゃんと持って帰れるかどうかわからない。

一回りして買う決心を固めようと歩いて行くと、実に立派な構えをした画廊があった。中はけっこう広く、飾られている絵画には石油ランプふうの照明が施されていて、いかにもエキゾチックだ。画廊の入り口では白いアオザイを着たベトナム女性が両手を合わせてこの国の挨拶《あいさつ》をした。やや気後れしながらもこちらも手を合わせて中に入っていったが、飾られている絵画は大きなものばかりで、とてもお土産に持って帰れるようなものではない。

一つのコーナーにとりわけ小さな絵が七、八点並べられていた。その中にウリボウの絵があった。二、三匹が並んでいるそっけない絵だが、買うとしたらそれだけだな、と思った。しかし値段が崩し字なのでよくわからない。入り口にいたきれいな女性に聞いたけれどそこではまるで言葉が通じず、迷いながらもあきらめてしまった。そのことが今でもザンネンだ。

画廊の入り口に白いアオザイを着たベトナム女性。
すましているからなのか、けっして笑顔を見せなかった。

日本最南端のゴクラク秘湯

ひと昔前、日本の島という島を渡り歩いていたことがある。かなり長期間にわたっての島旅ルポという、取材仕事で行ったのだったが、そのおかげで日本中のだいぶ奥地まで島々を訪ね歩いた。今、気がついたのだが、「奥地まで」という言い方は島にはふさわしくない気がする。小さな無人島クラスの島になると当然まわりをそっくり海に囲まれているわけだから、「奥地」ではなく、海を隔てたどこかの離散辺境という説明になる。

この写真はそうして歩いていたときのもので、鹿児島県のトカラ列島にある硫黄島だ。トカラ列島には十の島がある。それぞれに特徴があって特異な存在感を持っているが、この硫黄島は活火山の島だ。近づいていくと島の南端の山からかなり激しく噴煙が出ているのがわかる。まだまだ爆発まではいかないが、もう少し状況が整ったらいつでも爆発してやるぞ、という構えだ。

ぼくのベストスリーに入る秘湯の風景＝トカラ列島にある硫黄島。
左側にあるテントから約30秒で右端にある温泉に入れる。

この火山はあちこちの小さな噴出孔から常に硫黄分を含む熱水を流している。熱くなった水が島の南部を中心に流れ続けている。その温められた湯は、海岸べりにある穴にたまるとそれが見事な自然の温泉になるのだ。この写真でいうと、右側の少し黒ずんでいるところが第一の湯で、四十三度ぐらい。温泉の適正温度よりはちょっと高いけれど、常に吹きまくる海風があるので、その湯温になれてしまうとこんなに雄大で心地の良い天然温泉はほかにないと思うようになる。ぼくのベストスリーに入る秘湯のひとつだ。

ぼくたちは三人でこの島に数泊したが、そのテントが左の端のほうに写っているやつだ。だから温泉まで徒歩三十秒以内という位置関係になる。朝、起きるとパンツを脱いで、とにかくこの温泉に一直線に向かう。起きて二、三分後には、いい湯だな、という状況になっているのだから、こたえられない。

この温泉から少し行ったところに第二の温泉があり、そこは四十度ぐらいだった。第一の湯から行くと少しぬるい感じ。熱い温泉に弱い人は、第二の湯に先に入り、第一の湯にあらためて浸《つ》かるというのがいい。

ここからごつごつした岩場のほうに登っていくと大きな岩石が積み重なったところがあり、その中にはちょうど西洋風呂《ぶろ》ぐらいのスペースで、一人ゆったり寝そべることのできる個人湯然としたやや熱めの温泉がある。石に囲まれ天井まで組み合わさっているので、そのうちのどれかが頭上から落ちてきたら、わが命ひとたまりもないな、というスリリングな自然の造ったおまけの光景を楽しむことができる。でもあまりにも心地よすぎるので「わし、もうどうなってもええけんね」というけんね的状態になっていくのだ。

観光客はまずやってこない。その理由は、ここに行くには相当な苦労が必要だからなのだ。小さな船で行くとしたら鹿児島の港から行くことになるが、季節によっては大荒れの波が行く手をさえぎり、やむなく突入をあきらめて戻らなければならないことが多いという。まあ一生に一度行ってみる価値はあると思う。

むかし出ていたビールのCM

もうかれこれ四十年以上前（わあ、大昔だあ）に、二年間ほどサントリービールのコマーシャルに出ていたことがある。一年で三、四パターンを撮った。制作、撮影チームはいつも三十人ぐらいになっていたので、撮影される当方としてはその人的迫力にたじろいだものだ。それでもビール好きのぼくとしては仕事としてとにかくビールをガバガバ飲めるし、その頃から三十五ミリの本格的な映画撮影の演出やら機械操作などに強い興味を持っていたから、いろいろと楽しい仕事だった。

最初の撮影地は九州の島だった。ぼくは堤防の先端に座って釣りをしながらビールを飲んでいる、というシチュエーションだ。初めてのCM撮影だったので、何もわからないぼくは、のっけからやや驚いたのだが、よく考えれば納得した。夏前に流されるCMだから撮影は二月に行われたのである。まだ暖かいとはいえない南の島で、午前中からぼくはTシャツ一枚で冷たいビールを飲む。撮影開始は毎日午前十時頃だった。当然ながらけっこう寒く、嬉《うれ》しそうにおいしく飲んでください、というＡＤの要請の意味はわかるけれど、飲むほどに冷えてくるという状態だった。しかもそれが一週間も同じ設定で続いたのである。

ぼくぐらいの年齢の人は記憶にあるかもしれないが、ぼくが釣ったという設定のバケツの中の魚を狙って、野良《のら》ネコが忍び寄ってきて、魚をくわえてとっとと逃げていく。それも知らずにバカ面をして大笑いしているあんちゃん（まあ当時はね）がぼくの役割だった。

しかしいろいろ問題があった。ネコはシナリオを読まないので、ぼくほどには自分の役割を理解していない。それからもっと大きな問題は、最近のネコはそこらで豊富に出会ういろんな食い物になれてしまっていて、生の魚があってもそこに興味を示さないのだ。空腹のネコが勝手にぼくの魚を奪い取っていくという設定だから、それには監督も頭を抱えていた。

スタッフらがあれこれ相談している話を聞いていたが、「二、三日閉じ込めて絶食させましょうか」などと、今だから言えるような作戦の声もあったし、カメラに映らないようにベニヤ板を左右に置いて、そこにネコを放って後ろからいろいろな作戦でネコを脅して バケツの中の魚に進ませる、などという強引策なども話されていた。映像というのはいろんな策略を弄《ろう》するから最終的には設定どおりのストーリーが撮れたのだが、まあそれは制作上の秘密ということにしよう。

それにからむぼくの悔しい思い出がある。そうやって一日中ビールを飲んでいるので、夕方にはぼくだけ一人出来上がってしまっている。一日の労働ご苦労様と、毎晩みんなで夕食前に乾杯するのだが、ぼくだけ一人酔ってヘラヘラ笑っているのだ。

そういうことがあったので、あちこち世界の旅をしているときに魚をくわえている野良ネコに出会うと、ぼくはまったく嬉しくなってしまって、えらいぞ、などと言いながらこういう写真を撮るのである。

いま日本ではこういう実力のある野性的なネコは見なくなった。

すばらしい寝屋子制度

ある雑誌の連載ルポで、日本の島々をそれこそ北海道から沖縄までこまかく取材していくという仕事を続けていたことがある。日本はその土地によって千差万別の文化が残されており、とくに島々の気風やしきたりなど様々で、ほんのわずかな距離でも海を隔てた島々というのは、本当に驚くほど独自の文化を確立し、それを今日まで残しているのに感心した。

それらの中で、自分がそのくらいの年齢だったら、ぜひ参加したいといううらやましい風習は、三重県の答志《とうし》島《じま》の寝屋子制度だった。これはこの島に住んでいる長男が中学校を卒業すると、その地域で世話をする寝屋親という家が預かって一緒に寝泊まりさせるという制度だ。実家を出てその寝屋親の家に数人の若者たちが寝る頃にやってくる。だから食事は実家ですますけれど、夜は実家を空けて集まってきて合宿状態となって寝るわけだ。

毎日が修学旅行みたいで楽しいーとみんな言っていた。

いつの頃から何のために始まったかは、いろいろ聞いたのだがはっきりしない。一定の年齢になったら地域の青年を集めて、地域の規律やルールを伝える若者組という制度が昔あり、その名残りをくんでいるという説がある。九鬼水軍が船の漕《こ》ぎ手をいち早く集めるために、若者を一か所に集めておいた、という説もある。

十人近い寝屋子を集めている家を訪ねた。まあ、十代の若者（男子だけ）が集まっているわけだから、少し前まで布団の上でプロレスごっこでもやっていたような荒れっぷりだったが、みんな楽しそうだった。それはそうだろう。小さいころから同じ島に住んでいる顔なじみの連中が毎日合宿体制になるのだ。うるさい親から離れて同じ年頃の仲間といろんなことを言いながら、たぶんときには羽目を外して寝屋親から怒られたりもし、みんなである程度の規律の下で暮らしていくのが楽しくないわけはない。

いろいろな事情（就職・結婚など）で島外に出ていく時に、寝屋子の仲間とは別れることになるが、寝屋子として一緒に過ごした彼らは寝屋子朋輩《ほうばい》と呼ばれて、その縁は一生続く。友達とか親友などという軽い言葉ではくくれない、もっと深い絆《きずな》で結ばれる仲間たちだ。

実際に彼らと話をしてみると、少し遠慮した口調ながらも、おれらはこういう寝方しか知らないから、家で家族と寝るのは気をつかって疲れるくらいだ、と言っていた。この制度のあれこれを聞いていると、全国でもこんなシステムを採用したらいいのでは、と思った。

時代を経ていくにつれてひとつ困ったことに、少子化の影響を受けて、この島でも寝屋子をする人数が減ってきているようだ。そこで、行政がこの風習を広く外部に知らせて、島外から寝屋子の島留学生を受け入れる制度を二〇一八年春からはじめた。すでに何人かが参加していると聞いた。

泳ぐ犬

南西諸島の西表島《いりおもてじま》は、夏が来ると都会の比ではないモーレツで異国的な暑さに覆われるが、そこに住んでいる犬たちは、都会の犬よりも（きっと）はるかに自由で涼しい夏を過ごしているはずだ。まず島に住んでいる犬たちはほとんど放し飼いが多いから、あの動物虐待に近い首輪やリードなどに縛られず、自由に動き回っている。

世界の多くの国では首輪とリードで犬をつなぎとめるなどということはしていない。みんな自由に動き回っているのが普通の国の犬の生活風景なのだ。だから島で自由に自分が思うままに過ごしているのを見ると、とても安心する。

真夏の一番暑い時間になると、犬たちはずんずん海に入って行って、いかにも気持ちよさげだ。普通、犬たちは飼い主が一緒でないと水の中にはこわがって入らないものだが、普段から慣れている海だと、全く自由に動き回れるらしいのだ。

よく見ているとあまり泳ぎが達者でない犬は自分の背の立つ（といってもあくまで

も四つ足だが）ところより深くは行かないという犬なりの危険回避を心得ていて、ちょっと深くなると慌てて背の立つ浅瀬に犬かきで戻ってくる。それはなんともおかしな光景だった。

ぼくの泊まっている民宿にこの水遊びが大好きな黒い犬がいたので、部屋の中から望遠レンズでそのありさまをこんなふうに写した（77ページ）。一時間は普通に海の中を歩き回っているようだが、人間がプールに入って、泳がずにただ歩いて往復する足腰の運動をしているのを思い浮かべると、この犬の四肢は相当に強靱《きょうじん》なはずだ。

こんなふうによく海になじんだ犬にシュノーケルをくわえさせたらどうなるのだろうか。ついでに小さな足ひれ、手ひれをつけてあげて徐々に慣らしていったらどうだろうか、というようなことを考えたりしていた。

この島を起点にして五つほどのここらの小さな島を回る旅をしていたが、首輪をつけていても、どこかにしばられてはいない自由な犬はいたるところで見た。でもこの犬のように自分でとっとと海に入って行って、深みにはまらないようなエリアをきちんと覚えていて泳ぎまわる犬はいなかった。似たような技術を持った犬と出会わないかとあちこち眺めて歩いたが、とうとうこういう水泳犬と出会うことはなかったのだ。

これはよく考えると、たぶん動物のある種の進化なのだろうと思う。黒く濡《ぬ》れた毛並みなどは、北極圏で何度も見たアザラシによく似ている。そうなのだった。アザラシは海の犬だと言われている。アザラシの骨格標本などを見ると、手足の骨組みが体の奥に隠れていて、先端だけが体表から出ているのだ。海で生まれた犬がアザラシになった、というのが動物行動学で証明されている。

だから日本の離島のこの犬にもう少し人間が積極的に進化の訓練を行えば、世界初の水陸両用犬を生み出すことも可能だろうと思った。

犬たちはずんずん海に入って行って、いかにも気持ちよさげだ。
くたびれたりのどが乾いたりハラがへったりすると家に戻ってくる。

目玉怪人！

この目玉怪人のような人物は決して怪しい者ではない。沖縄の糸満《いとまん》は漁業が盛んで、漁師町の雰囲気に満ちており、住民の性格も海の男そのものでなかなか荒っぽい。年々規模が縮小されていると聞くが、糸満漁師の「追い込み漁」は、まさに他の潜水漁師にはまねのできない勇壮で豪快な漁だ。

いくつかの方法があるが、ぼくが行って一部始終を見ていたのは、中規模クラスの追い込み漁だった。これは母船（といっても五、六人乗りの小規模なもの）が数十メートルにわたる巨大な袋状の網を曳《ひ》いていく漁だ。その網の中に大小さまざまな大量の魚を、水中二、三十メートルに潜った海人《うみんちゅ》が、その名の通り大勢で追い込んでいく。エンジンで走る船を水中にいる人間がそれぞれの潜水能力をフル活動させて追って行く漁だから、かなりハードな漁法だ。海人に聞くと、二、三十年はやらないと一人前にはなれないという。

糸満の海人《うみんちゆ》にむかしのミーカガン（水中メガネ）の実際を見せてもらった。

魚を網に追い込んでいく海人が身に着けているのはパンツもしくはふんどしに水中メガネだけだ。海人の水中メガネは少しでも水中での抵抗をなくすためだろう、ミーカガンと呼ぶ眼だけを覆う独特のものをかけている。これはもろに鼻から水が入ってくるから、今みんなが使っている視野の広い、顔の上面をすっぽり覆うような水中メガネしか使ったことのない人には、水中での泳ぎは一分ともたないだろう。

海育ちでけっこう潜水に自信があったぼくもやってみたが、まさしく一分もたなかった。

しかし、海人は三分以上もそれだけを着けて、全速力で水中を自力で突き進んで行くのだ。ほとんど〝半魚人〟と化している。

糸満に滞在中、ベテランの海人に昔から続くこの独特のすさまじい漁法についてあれこれ聞いた。そのときに水中メガネの歴史も教えてくれた。まだプラスチックもガラスもない頃の初期のミーカガンは、沖縄など南方に生えている木質が柔らかく枝葉の大きく張り出したモンパの木を削って作っていた。ガラスの部分は、そのもっと昔には、透明なセルロイドをあてがったという。二つの丸い目玉覆いのようなものをつなぐゴムは、そんなに簡単には手に入らなかったので、目の細かい漁網をその両目を覆うようにして、後ろでしばって使って使ったらしい。

木の枠であるし、いかに顔の輪郭に合わせるように削っても、本物を手にしてみると、視野は狭く、たぶんセルロイドも透明度は相当に悪かっただろうから、よくこのような素朴なもので、あの水中での荒業に挑んだものだと、昔の人の根性を激しく絶賛する思いだった。

糸満の追い込み漁は今でも続いているが、近代的な潜水器具になれた若者にはなかなか難しく、人材難が目下の問題だと言っていた。

泥の神様

南の島には本土とはかなり様相の違う様々に個性的な祭りがいっぱいあって、油断がならない。この写真は、沖縄の宮古島の北方の海岸町で毎年行われているパーントゥという、町をあげての全員参加型のなんとも不思議なお祭りだった。

その昔、このあたりの海岸に打ち寄せられた三つの仮面に由来する。その当時の村人は、この仮面が打ち寄せられたことによって祟《たた》りをこうむらないようにまつることにしたという。パーントゥは、奇人、バケモノ、怪物を意味する言葉だったが、時代とともにその意味が変わっていき、今は悪霊や災厄をはらう神様のような存在になっている。神様ではあるけれど、人々は一四、二四、と数えている。

容貌《ようぼう》怪異で、全身にまとっているキャーンというつる草のシイノキカズラの葉には、ンマリガーとよぶ神聖な古井戸の底にたまった腐敗した泥がたっぷりかけられていて、見るからに異様な気配があり、井戸の底の腐った泥だからとにかくとてつもなく臭い。

宮古島の祭りで行われているパーントゥ。
井戸の底のくされ泥水をかぶって出てくるのでものすごく臭い。
見物人は逃げ惑い、パーントゥは追いかける。

これが全身から絶えず泥をこぼしながら町の中央に向かってひたひたと歩いて来る。町の人々はみんなこのパーントゥが出てくるのを恐れかつ敬い、複雑な声をあげながらその姿を見てはどうするか自分の態度を決めているようだ。

というのは、このパーントゥに泥を擦り付けられたり抱きつかれたりすると、その年の健康と平安、悪鬼払いのご威光があると言われているからだ。だからパーントゥがやって来るのをわざわざ道の真ん中に立って待ち、自ら進んで抱きつかれようとする人もいるし、やはりその容貌のあまりの異様さに悲鳴をあげながら路地から路地へ逃げ惑う子供や娘らもいる。

見ていると小さな赤ちゃんを抱いた母親が緊張した面持ちで進んで子供に泥をつけてもらったりしている。パーントゥもそういうときは小さな子の鼻筋に指でそっと泥をつけるような優しさを見せているかと思うと、逃げ遅れた若い娘にしっかと抱きついたりしている。

パトカーがきており、警官がそのあたりを警戒しているが、その警官にもどんどん抱きついていき、抱きつかれた警官は逃げていく。ぼくもかなり早いうちにしっかり抱きつかれた。耳元で「シイナさーん」と言っていたので、つまりはまあ確信犯なのだ。

その年新築した家には悪鬼が潜んでいると言われているので、その家の主は酒を用意してこの泥まみれの神様を歓待する。三匹のパーントゥはこれぞ獲物とばかり土足でずかずか上がっていき、きれいな畳の上を泥まみれにし、あまつさえあたりの白壁などにべたべたと泥の手形をつけまくったりする。

道行の途中にパーントゥの隠れ家のようなところがあり、そこに入って新たに臭い泥をかぶる。泥神様のピットインというわけだろう。

アジアの窓 II

もうじきナーダムの季節だぁ

今や日本の大相撲にモンゴルの力士は欠かせない存在となった。ぼくは二十数年前から十年ほどモンゴルに足しげく通っていたが、その目的のひとつはナーダム（国民的祭り）を見ることだった。

毎年七月になると全土で一斉に競馬と弓とモンゴル相撲の競技が行われる。モンゴルは日本の約四倍の国土だが、草原には人口三百〜千人ぐらいの村落が点在している。ご承知のようにモンゴルは遊牧民を中心にした牧畜を糧とする人々の率が大変高い。

遊牧民の経済の仕組みは、国家から牛、馬、羊などを借りて、それを遊牧しながら育て、それらの家畜の子を産ませて、育てた子供が自分のものになるというものだ。いかに健康に大過なく育て、たくさんの子を産ませるかというのが重要な課題になる。動物たちは大体春先から六月頃までに生まれ、遊牧民はそれを生育していく。動物の成長は早く、たくましい。七月は一年の重要な遊牧の仕事を終えて遊牧民がほっとする季節だ。

日本の祭りが農繁期を過ぎた秋に集中しているように、モンゴルは七月あたりからようやく一息つく状態になる。そこで七月は、モンゴル全土で大祭典であるナーダムが行われるのだ。

競馬は少年少女によって争われる。三百騎から五百騎ぐらいまで、直線で馬齢に応じて二十キロから四十キロぐらいのレースが繰り広げられる。

この少年少女競馬と同時に、大きな呼び物になるのがモンゴル相撲だ。何度かいろんな土地で規模の異なるモンゴル相撲を見たが、91ページの写真で見るように上半身に肌の露出の多い格闘着を着て、革の長靴をはいた格好が大体のきまりだ。体重別というものはなく、いろいろな体格や力量の異なった力士たちが無差別級でぶつかっていく、相撲というよりはレスリングに近い格闘技だ。

土俵というものはなく、勝負は組み合って、投げ技をはじめとした様々な技を繰り出して、相手の背中を地につけたほうが勝ち。土俵がないので、力の強さや作戦によって大きなスタジアムの中を縦横に使って戦う。基本的には勝ち残り同士が次々に対決していき、最後まで残った者が優勝ということになる。

初めて見たとき、技の多彩さに驚いたものだ。勝負は優勝劣敗で、勝った者がとにかくエライ。日本の相撲のように行司がついており、勝負が決まると、敗者は勝者の広げた腕の下を頭を下げて謝るようにくぐらなければならない。勝った者は両手をひらひらさせて勝利を全身で喜ぶ。その姿はアホウドリの真似だと聞いた。

首都のウランバートルで行われるナーダムが、日本でいえば最大級の本場所みたいなもので、ここには国中の横綱、大関級が集まってくるから、観客のスパークボルテージはまさに爆発せんばかりだ。かつて大相撲で朝青龍《あさしょうりゅう》が勝ったときに土俵で勝利の喜びをあらわにしたのは、モンゴル相撲出身者としては当然の姿なのである。

上半身に肌の露出の多い格闘着を着たモンゴル相撲。
投げ技その他で相手の背を地面につけた方が勝ちだ。

少年少女大競馬

七月のモンゴルはナーダムの季節。ナーダムというのはモンゴルの言葉で「祭り」を指し、そこで競われる三大競技のひとつが競馬だ。少年少女が二歳馬から四、五歳馬ぐらいまでに乗って、大地いっぱいに広がる草原を疾走する大集団の競馬だ。首都ウランバートルからその周辺の中小都市、さらに千戸ぐらいの村にいたるまで、国中で開催される。場所によっては三、四歳ぐらいの子どもが騎手になって、二歳馬の十数キロのレースに出場したりする。

馬齢によって走る距離が違っていて、例えば三歳馬だと二十〜三十キロぐらいを走る。広大な土地なので全て直線レースだ。モンゴルにはよく行ったが、この三歳馬ぐらいのレースがスリリングで面白い。出場馬は二、三百頭にもなり、全員真剣に突っ走る。

映画を撮影するためにナーダムの一部始終を取材したことがある。まず最初はそのエリアの中心部に仮設のスタジアムができて、そこで踊りや弓の競技、そしてモンゴル相撲の大会が行われる。

モンゴル相撲は土俵というものがなく、相撲というよりは草原レスリングだ。革の長靴を履いて戦うのだが、勝敗は相手の背中を大地に叩《たた》きつけたほうが勝ち。だから寄り切りという技はない。力が拮抗《きっこう》して押し合いになったら、百メートルぐらい相手がへばるまで押して行って、投げ技を使うということもルールとしてありだ。

さて、みんなが待ち遠しくしているのはやはり少年少女競馬で、どのようにしてレースをするのかということにまず興味があった。スタジアムに出場する全部の馬が騎手とともに集まる。三百頭出走などということになるとものすごい迫力だ。

その年の四歳馬レースは四十キロの直線コースだった。出場馬はまず最初にスタジアムから早足で四十キロ先のスタート地点まで移動していく。騎手は小学校高学年から中学生ぐらいまで、男女混合。スタート地点からゴールまで完全に平らな草原というわけでもなく、ちょっとした山稜《さんりょう》や、大地がぬかるんだ危険な場所もある。騎手たちはスタート地点に行くまで、そのルートのコンディションを研究していくのだ。

スタートは、各馬一斉に並んで出走するというきちんとしたものではなく、大体そのあたりがスタート地点になるだろうとわかってくると、騎手たちははやる馬を引き締めて様子を見る。ぐるりと反転して、なんとなく適当にスタート、というのが実際だった。

初速は時速六十キロぐらいで、中間地点で三、四十キロぐらいにスピードを落とし、最後の追い込みに向けて馬の調子を見る。ゴールまであと四、五キロというところで、日本の競馬でいえば本格的な鞭《むち》が入り、再び六十キロぐらいのスピードでゴールを目指す。マラソンと同じでその頃になると馬群は直線状になって覇を競うようになり、その駆け引きは見事なものだ。

ゴール直前。4歳馬による直線40キロレース。300騎が争う。

草原の貴婦人

中央アジアには人口の割にはかなり大きな面積を持った国々がある。サハの南にあるブリヤートもそのひとつで、日本と同じぐらいの面積に人口は約百万人。モンゴルに近いという位置関係にあるからか、けっこういろいろな文化、生活様式が近似している。

モンゴルは七月にナーダムという大きな国民的な祭事があるが、ブリヤートにも同じような騎馬民族ならではの祝いの日がある。この日はモンゴル相撲に似た草原のレスリング大会が行われていた。草原のあちらこちらで行われているが、その中でいちばん大きな会場での試合を観に行った。

小さい子から熟練した中年男性ぐらいまで、様々な年齢層の選手が一日がかりで対戦する。モンゴル相撲とよく似ていて、投げ技を主体にしたレスリングのような草原格闘技で、相手の背中を大地につけたほうが勝ちになる。それぞれの集落をあげての、地域ごとの勝ち抜き戦になっているから、応援がものすごい。やっていることは単純なのだが、小一時間も見ているとすっかり夢中になってしまい、それぞれの年齢での勝ち上がりの様子を見ているだけでも体が熱くなるのを感じた。道具も仕掛けも何もない、本当に男と男が全力を尽くして戦うだけなのだが、単純な闘争は真剣味が強烈で、ショー演出などないのがかえって純粋なタタカイのようになる。

応援する人々にとってもこの日は重要な祭りになるようで、みんな精一杯着飾ってやってくる。99ページの写真にあるのは草原の貴婦人とでもいったおしゃれに身を固めている女性たちだ。一番高級な民族服の胸にぶら下げているのは各種のメダルや古い時代の硬貨などでなかなか面白い。

もうその日の戦いが終わった頃の時間で、人々は歩いて馬や馬車を停めているところに移動している。互いに言葉は通じないけれどもカメラを向けるとこのように堂々とした記念撮影になった。このあたりではまだカメラは普及していないから、この写真を撮ると、後からやってきたまた別な貴婦人がどんどん加わってきてそれぞれが口々に何か言うものだから、圧倒されてやや困った。

通訳の人が何事かと戻ってきて話をしてくれたが、撮った写真はいつくれるのか、と聞いているのだった。アフリカとかアマゾンでも、子供たちを撮るとそう言われることがよくあったけれど、おばさんたちはどの国でも最強である。この写真はすぐには出来上がりません、と通訳に言ってもらったが、ではいつできるのか、と新たな追及があって、ますますたじたじとなる。

もし本当に出来上がった写真を彼女らに渡そうとすると、それぞれの住所がないと日本からは送れない。草原の民族の多くは、はっきりした住所などがない移動テントに住んでいるので、結局は絶対に不可能な話なのであった。

精一杯着飾って草原格闘技を応援していた。
背後に見えるのは競技見物が終わって家路につく人々。

オオカミ狩りの親子

モンゴルの奥地のほうに入っていくと、そこそこの木々が生えている山が連なっている。といっても標高は高くてせいぜい二百メートル。けれど中央の平原地帯にある木の全く生えていない山々に比べると、もう立派な緑の連山になる。特に山と山の間の谷にわずかに流れる川や湿地帯などは、色とりどりの草花が咲きそろい、ため息が出るほど見事な花の谷になる。

六、七月に羊や馬の出産を終え、今は重要な成長期を迎えている。その頃、山のオオカミたちの動きも慌ただしくなる。モンゴルのそのあたりでは、一つの山にひとつずつオオカミの家族がいるといわれていた。そこで遊牧民たちは、オオカミたちが狙う羊や馬の子供を守るために、山々に住んでいるオオカミ狩りに出かける。これは近くに住むいくつかの遊牧民が協力して行うことが多い。日本の「町内会」の防犯活動みたいなものだろう。ちょっとちがうか。

遊牧民らは二手に分かれて、一方は犬を数匹先頭に馬に乗って、いろいろやかましい音をたてながら山頂に向かう。それに気づいたオオカミたちは反対側の谷へ逃げ、その先の山へ退避しようとする。逃げてくるオオカミを、別の遊牧民が数人で銃を構えて、狙い撃ちするのだ。

一組の遊牧民の親子と一緒に、ぼくもオオカミ狩りを見に行くことにした。父親は、五、六歳ぐらいになる自分の息子を連れていた。その年頃からオオカミ狩りを教えているのだ。彼らは馬をふもとに置いて徒歩で山を登っていく。山と山が迫る川筋のルートだったが、数え切れないほどの種類の植物の花が咲いている。

ルリタマアザミという花があって、これはひょろりと背が高く、一メートル前後はある。てっぺんにネギ坊主のようなルリ色の丸い花を咲かせる。いたるところにミツバチがうなりを上げて舞い踊り、これからオオカミ狩りに行くなどとはとても思えない美しく平和な風景がつらなっているのだった。

父親はやがて向かいの山からオオカミがもっとも走り出てきそうな場所に見当をつけ、小さな木の陰に座った。音は山じゅうから発せられるミツバチの羽音ぐらいしか聞こえないが、三十分ほどもすると、向かい側の山から攻め上げてくる、いわゆる勢《せ》子《こ》の声がまばらながらも聞こえてくる。遊牧民の父親はかたわらの息子に何かささやいている。今、向こうから誰々さんの指揮するオオカミを追う仲間たちが、みんなで声や音をたてながら追い出してくるはずだよ、などと言っているようだった。

オオカミは小さな一団となって逃げてくるという。待ち受ける側の遊牧民はみんなで三人いた。事前にだれがどのオオカミ（父なのか大きな兄弟なのかその妻か）を狙うのかを決めていたのだろう。とはいっても必ずしも遊牧民の作戦通り、待ち伏せしている谷にオオカミが逃げてくるとは限らない。この日がそんな状況になったようだ。

木の陰でオオカミを待ち伏せる。
その間、ヒソヒソ声で父親は息子にオオカミ狩りの知識を語る。

雪の春は忙しい

モンゴルは日本の四倍ほどの国土面積を持ち、陽ざしは強いが風のここちいい夏とそこそこ冷え込む二つの季節が家畜の生育に大きく作用している。一番寒い二月は、だいたいマイナス二十度ぐらいになり、雨はめったに降らないが、時おり猛吹雪が襲う。といっても、人や動物が移動するのがやっかいなほどには積もらず、人々はその厳しい冬の生活にもたちまち順応していく。

秋に妊娠した羊は、春にこどもを産むが、状況によっては二、三センチほどの積雪があり、外は厳寒の風が吹き荒れていたりする。そういう厳しい環境でも羊はこどもを産む。生まれたこどもは胎盤にまみれているので、そのまま三十分も放置されていると、凍った胎盤が生まれたばかりの子羊にも悪影響をおよぼし、せっかくの新しい命を台無しにしたりする。

羊たちはそんな冬でも放牧され、雪をひづめで掘り返し、草などを食べ、産気づくとそういうところでもかまわず産み落としてしまう。だから冬も遊牧民は油断ができないのだ。107ページの少年は、ぼくが長らくモンゴルに通っているうちに仲良くなったバンサンフーという六歳になる父無し子で、春夏秋冬、実に目まぐるしく家事の手伝いをしているので感心していた。彼は、その子羊が生まれる季節になると、肩から大きな皮の袋を下げて、自分たちの羊が放牧されているところを馬で走り回る。胎盤と一緒に動けなくなっている子羊を見つけると丁寧に胎盤や氷をはぎとって、皮の袋に入れるのだ。そういうパトロールを毎日やっていた。

遊牧民と付き合っていると、本当にいろいろなことで感心する。彼らの住んでいる半球型のゲルとよぶ、非常に優れたテントの下には、冬になる前に一面に敷き詰めた羊の糞《ふん》があり、その上を布や皮のカーペットで覆っている。動物の糞は冬でも発酵するから、わずかずつでも微熱を帯び、それが全体にいきわたっていく。つまりはゲル全体をあたためる動物性のホットカーペットになるのだ。

救い出してきた子羊は、そのゲルの中で最もストーブに近いところで集団で囲われて飼われるようになる。動物の成長はびっくりするほど早くたくましい。四月の声を聞くと、晴れた日にはもう外で自由に走り回り、自分で餌を見つけて毎日ひたすら食べ、ずんずん大きく成長していくのだ。

羊以外にも、馬や牛も春にはこどもを産む。羊とは違い、馬や牛は親たちが生まれたての子牛や子馬を丁寧になめて、付着した胎盤などを取り除いていく。母性本能とはいいながら、その熱心さには見るたびに頭が下がる思いだ。産み落とされた牛や馬のこどもは、そのように舌でなめてもらっているうちに、やがてよたよたと立ち上がり、産み落とされてから三十分もしないうちに、はた目から見ると、もうひとり立ちして歩きはじめる。

実に目まぐるしく家事手伝いをする6歳のバンサンフー。
手にしている羊はまだ生まれて2週間だ。

遊牧民の行動食

モンゴルはけっこう標高があり、奥地に行くと平均二千メートルほどもあるから、天候が荒れると雪は積もらないけれど激しい吹雪になったりして、冬の間の暖房が欠かせない。森林限界を超えている高原地帯だから燃料としての木材の調達が難しい。そこで彼らが考えたのはそこいらじゅうに落ちている牛の糞を集めてきて、晴れている日に干して乾燥させ、それを燃料にすることだった。草を食べている動物たちの糞というのは消化できないたくさんの繊維質がからまっているから、よく乾燥させると非常に火保ちのいい燃料となり、この写真にあるストーブなどほとんど動物たちから得られた燃料を活用している。

母親と娘が作っているのはホウショーローというモンゴル遊牧民の代表的な料理のひとつで、簡単にいうと肉まんじゅうだ。羊のひき肉などを蒸して、小麦粉を練った生地で包み、手のひらぐらいに押しのばして小判型の焼き物にする。これに芋類など

ホウショーロー料理をする母娘。
水で溶いた小麦粉を練って手のひらぐらいにし、蒸し肉をつめて焼く。
もっとも実力ある定番料理だ。

をまぜて油で揚げたのがロシアの北方民族がよく作っている家庭料理ピロシキであり、南のほうに行くと中国のやはり家庭料理である肉まんになる。それぞれ見た感じは全く別もののように思えるが、製作段階から見ていくと、ああ、同じものなのだなあ、とわかるのだ。

このホウショーローは三度の食事のうちのひとつというわけではなく、馬で野外を行くことの多い彼ら遊牧民が携えていく弁当のようなものでもある。そのへんピロシキや中国式の肉まんとちょっと違うところだ。ホウショーローはずしりとしていかにも食べでがあり、ぼくは何度かこれを数個もらって自分の馬の旅などに非常食として持って行ったものだ。

モンゴルではこのほかに、日本風にいえば、いわゆる手打ちうどんもある。作り方は雑駁《ざっぱく》なもので、うどん粉をこねて小さく引きちぎってそれぞれ太く長いうどんにする。それらはだいたい汁うどんになるが、基本的にモンゴルの麺《めん》料理はダシなどとらない。しいていえばその汁の中に入っている肉がダシの元になっている。麺類好きのぼくとしてはこの遊牧民うどんを見て「おう！」と嬉《うれ》しくなった。さっそくあつあつのをもらったが、よほどお腹がすいているとき以外はどうもこれは問題の多いうどんで、太さも長さもマチマチでところどころに馬の毛などが混じっている。モンゴル人は平気でそんな毛を口から引っ張り出して食事を続けるが、牧畜生活に慣れていない我々はやはりたっぷりダシのきいたツユの中のうどんが懐かしくなったものだ。

モンゴルには何度も行ったからこのモンゴル式うどんはしばしば食べたが、ダシを使わない汁はどこも同じであり、おまけに醤油《しょうゆ》のような味もないから、日本のうどんとはだいぶ別モノである。しかし遊牧民の仕事は忙しく、この程度の料理でもだいぶ手をかけた苦心作というコトを実感した。

モンゴルでいちばんおいしいと思ったのは羊やヤギの丸ごと蒸し（シュースかボートクという）に岩塩をかけて食べるもっとも素朴な肉料理であった。

雪氷での馬のけいこ

モンゴルの二月は一年のうちでいちばん寒い季節だ。ぼくは標高二千メートルほどのところにある小さな牧場でお世話になっていた。普段は雨が少ない国土だが、二月はこうして一面の雪原になることがある。高度があるので冷たい風が吹き付けてくると、寒さがぐんと増してくる。

その日はマイナス二十度ほどだった。日本の子供と同じように、モンゴルの子供たちもあたり一面が雪に覆われると心がはずむらしく、みんな外に出て跳ねまわるようにして遊んでいた。

今年五歳になるナランツェツェルは、父親に許されてその年の七月に行われるナーダム（少年少女競馬）に出場できそうなので、年が明けてから乗馬の特訓に入っている。二十四キロの直線レースなので、走り切るまで二時間ぐらいかかる。男の子も女の子もこのナーダムを完走すると大きく成長するという。

ナーダムの特訓をする5歳のナランツェツェル。
このあと時速30キロぐらいで突っ走った。

だから遊牧民の親は、三歳ぐらいになると、子供でも扱いやすい馬を連れてきて、そこに強引に乗せてしまう。遊牧民の殆《ほとん》どの子らがナーダムに出ることを大きな夢と誇りにしているから、親も子も真剣なのだ。ナランツェツェルもその一人で、この頃は朝と夕方に、欠かさず三十分ぐらい乗馬の練習をしている。

モンゴルの馬は、小さいのはポニーぐらいなので、子供ナーダムにはそうした小型馬を調教し出場してくる場合が多い。でも彼女は、普段から遊び慣れている足が太くて力のある大きな馬を好み、雪にそっくり埋まってしまった草原をすばらしい速さでドカンドカンと突っ走っている。乗馬というのはけっこう体力とバランス感覚が必要なので、自分と気心の知れた馬に乗るのが何よりなのだ。

モンゴルの遊牧民の子供たちは、みんなどの家でも働き者で、ナランツェツェルが〝お馬の稽古《けいこ》〟をしているあいだ、ナーダム出場はまだまだと先延ばしされている二人の弟たちは、馬そりを使って水を汲《く》んでくる役を言いつけられている。水といってもこの寒さでは多くの川が凍っているので冷たい泉の水で川が凍らずに流れている場所へ行き、そこで割った大きな氷のかけらを二人してそりに乗せ、馬でひいて帰ってくる。

小型馬といっても馬は馬で、まさしく一馬力あるから、氷をたくさん乗せたそりの上に二人の男の子が乗っていても、平気で力強く戻ってくるのである。

ゲル（半球型の組み立て住居）の暖房はストーブだけ。その燃料は牛の糞《ふん》だ。凍ったのを沢山拾ってくるのは馬の練習を終えたナランツェツェルの仕事だ。

チベットの野鴨売り

一月。チベットの奥地を旅していたら年格好の微妙に違う少年らが現れた。一番大きい子が野鴨らしいものを抱いている。

少年たちの用件は、その野鴨を買ってくれないか、というものだった。値段を聞くと日本円で十五円もしない。キャンプの旅だったらうまい野鴨鍋《なべ》を作れるが、あいにくその日は宿屋に泊まる。厨房《ちゅうぼう》に頼めば料理してくれるかもしれないが、計算すると到着するのはもう夜で、それからあたらしい料理を作ってもらうのは難しそうだった。

残念ながら写真を一枚撮らせてもらうだけにし、その鴨をどうやって捕まえたのか聞いた。

すると氷点下になる午前中に鴨が餌を食べに沼地にやってくるのを待ち伏せし、みんなで石を投げて捕まえたという。

鴨は群れでやってくるから四人が一斉に石を投げれば一羽ぐらい命中してとらえら

野鴨売りをする少年たち。
みんなで池の周りから石を投げて捕まえたという。

れるらしい。

そうして捕まえた獲物を街道に出てこのように売っている、というわけだった。

実にたくましいのだ。旅行者はめったに通らないルートだったのでチベット人相手の商売らしい。野鴨は食べでがあるし十五円と安いので、客を間違えなければけっこう売れるそうである。

氷りついた沼には魚も沢山いるようだが、チベット人は魚をまったく食べない。宗教上と日常習慣が理由らしい。

日本ふうに考えると氷上で沼に穴をあけて釣りをしたほうが話は早いような気がする。野鴨を投げ石の一発で命中させ仕留めるのはそうとうに難しそうだ。失敗するとたちまち群れは逃げてしまい、少年たちは次の凍結沼を探してあるく。

凍結した沼で野鴨が何を狙っているのか聞いたら、沼の南側の淵《ふち》のほうにいくとたいてい氷の薄いところがあり、そこに生えている水草や藻を食べにくるのだという。

野鴨も、それを狙う人間も、繊細な瞬間を狙うタタカイなのだ。そんなことで一時間ほど道草をくってしまったので宿に到着したのはもうまっくらな夜になっていた。

チベットの主食はツァンパだ。ハダカ大麦の粉をヤクという高地順応した巨大な牛の乳でまぜたものを食う。丸めるので日本語でツァンパダンゴ（団子）とも呼ぶ。冷たいし、乳にかなり癖があるのでこれまで世界でいろんなモノを食ってきたぼくだがなぜかこの味に馴染《なじ》めずにいる。唯一温かいものはバター茶だ。

防寒服を着たまま震えてツァンパ団子を食べる。やはりあの少年たちから野鴨を買ってそれ相応のお金を払って宿の人に鴨鍋を作ってもらうべきだったなあ、とつくづく思った。こういう旅を重ねていくと、その道中で出会った食物は「神の恵み」と考えてとにかく手に入れてしまうべきだ、というあとのまつりの悔恨。その夜は防寒着のまま眠ったのだった。

過酷な巡礼旅の人々

チベットの中心ラサからカイラスまでおよそ千キロ。チベット中の仏教徒が聖山としてあがめているカイラスは標高六六五六メートルの高山だが、そこに登ることはできない。この山の岩壁に雪がつくと卍模様《まんじ》がうかびあがってくるので、仏教の聖山となっているが、同じようにヒンドゥー教やボン教、ジャイナ教などの聖山でもある。

カイラスへの巡礼を、これらの熱心な宗徒が人生最大の目標にしている。だが、その道程は平均高度四千五百メートルほどの山あり谷ありを進んでいくので、いたるところ厳しい巡礼行になる。

トラックの荷台に二、三十人ぐらいの巡礼者が乗って行くのをよく見る。村単位でやってくるという。車の周囲にたくさんの野営道具や日用品をぶら下げみんなで歌など歌って行くのを見ると、巡礼というのは苦行ではあるけれど、チベット中の信者たちが、一生に一度はそれを実行したいと願っている希望の旅だということがわかってくる。

馬と馬車で行く者もいる。いちばん厳しいのは五体投地拝礼といって大地に体を叩《たた》きつけ、腰から両足を引きずりおこして立ち上がり、その都度天空にむけて手を合わせて拝礼し、また同じことを繰り返して地面をしゃくとりむしのように進んでいく荒行だ。どんなに頑健な人でも、カイラスまで一年ぐらいかかるという。

彼らはそのようにして自分の体を大地に打ちつけて巡礼できる健康な体を持っていることを誇りに感じ、自分の体を痛めつけることによって信仰の力を高められると考えている。そのため、五体投地拝礼をする中心になっているのは若い人々だが、四十代以上の大人もかなりいて、その壮健ぶりに驚く。

123ページの写真の娘はまだハイティーンと思われるが、親と一緒にその五体投地拝礼をしていた。カメラを向けるとこんなふうな愛らしい笑顔を見せてくれた。親と一緒にカイラス巡礼ができるのを心から喜んでいる様子だった。

こうした自分の体の全てを使って拝礼していく人は、毎日、野宿をすることになる。粗末なシートや毛布を背負っていて、それが連日のしとねになるのだ。携行している食料はチベットの人々の主食であるツァンパが中心だ。

この行程の途中にも遊牧民がけっこう住んでいて、たいていヤクという毛足の長いとんでもなく大きな高所順応した牛を飼っている。チベットは施しの文化だから五体投地拝礼の巡礼者が通りかかると、そのヤクの乳や羊の肉などをお布施として分け与える習慣がある。巡礼たちは新鮮なヤクの乳をツァンパに絡めて、おいしそうに食べている。実際この食物はものすごい高カロリーで、厳しい巡礼者たちにとっては何よりの力の元になっているようだ。

カイラスに到着すると、その周りの四千〜五千メートル級の連山を平均三日ほどかけて、やはり五体投地拝礼で一回りし、とりあえずの巡礼行を達成するのだ。

親と一緒にカイラス巡礼ができるのを心から喜んでいる娘。
１年かけて大地に体を打ちつける荒行だが、父母と一緒に
そういうことができるのが嬉しいようだった。

神の山「カイラス」へ

チベットには三回ほど行った。そのうちの二回は、聖山カイラスまでの手ぬき巡礼旅だった。

カイラスへアプローチする拠点のひとつ、ラサの空港はすでに三五〇〇メートルの標高にある。今は中国から列車でも入って行けるようになったが、どちらにしても降りたったときすでに高山なので、そこでいきなり高山病を発症して倒れてしまう人が必ずいるという。ひどい場合には死者もでる。旅行者は、仲介する業者などに高山病の予防薬などをもらって飲んでいれば未然に防げるが、体調や体質によってそれも万全ではない。

中心街であるラサ市内で高度順応して、それからカイラスへ向かうことになる。ラサからカイラスまでは約千キロの、高度四千〜五千メートルのルートを行くことになる。

巡礼の人々はさまざまいるが、今はだいぶ有名になった五体投地拝礼という過激な、しかしもっとも純粋な進み方におどろく。千キロを人間しゃくとり虫のようにして進むのだから、片道で一年前後かかる人もいる。

人によっては途中途中をそのような拝礼で進み、中間をトラックで移動するなどという中抜けをすることもあるし、最初から、村単位で集まった数十人がトラックの荷台に乗って、集団野営をしながらわいわい進んでいく方法もある。年々ルートが整備されてきているので、ダートな山間部を行くとしても、ラサ市内から車で一気に行ってしまうスピード巡礼者もいる。途中にいくつかの集落や寺などがあり、そこに泊まったり、必要な物資を買い揃えていったりする人々もいる。

カイラスのふもとにはそこまで到達した巡礼者たちが長期滞留しているため、自然にできた村があり、商店や食堂などの仮テントが並んでいる。カイラス巡礼は、そこからカイラス山の周りにある、わかりやすく言えば、外輪山の尾根道をぐるりと回ることになる。と言ってもその段階ですでに五千メートル近い峠などもあり、かなりレベルの高い登山ルートの稜線《りょうせん》を行くのと変わりない。

127ページの写真は十数年前の六月に行ったときに出会った巡礼の親子だ。背後に雪山が見えるように、六月とはいえども、いったん天候が荒れるととんでもないことになる激しい岩道が続く。このお母さんは自分の子をおんぶして巡礼ルートを歩いていた。さしたる荷物も持っていないので、ちょっと話を聞いた。わずかな荷物は羊の毛皮で作った毛布のようなものと食料だった。連れは誰もおらず、二泊三日の予定でこの高地を一回りするのだと言っていた。

このお母さんは自分の子をおんぶして巡礼ルートを歩いていた。
高度 4000 メートル付近。背後に神の山カイラスの裏側が見える。

マーモット狩りの少女

チベット高原を旅しているといろいろな人と出会う。高原といっても日本でイメージするそれとは全く違っていて、平均高度は四千〜四千五百メートルはある。巡礼をはじめとして遊牧民を相手にした商人などもたくさん行き交う。

あるとき小さなヤクに生活道具をいろいろ乗せた、まだ十代前半と思われる娘さんが、大きな犬と一緒にやってくるのと出会った。まだこの世界ではこんなふうにしてローティーンの女の子が一人で野宿をしながら仕事旅をしているところに出会うのだ。写真を撮りたいので、そのことを頼むと、いともあっさり、構いませんよ、という返事だった。

娘の背中にはいかにも手作りと思われる、ギターとまでは言いきれない、四角い音響箱にペグ（調整用の糸巻き）がついたものを背負っている。それはなんですか、と聞いたら、ダムニャンという、チベット人が愛用しているごくごく簡単な楽器であっ

10代前半と思われる娘さんが、大きな犬と一緒にやってきた。
寝るのはそこいらの岩陰だという。

た。

聞きたいことが山ほどあったのでずんずん質問していくと、心地よく明確に答えてくれる。何のためにどんな旅をしているのですか、というぼくの最初の質問の回答も明確だった。チベットのチャンタン高原あたりにはマーモットというかなり大きな齧《げっ》歯類《しるい》が生息している。主にそれを捕えて皮をはいで売るのだという。食べるものが乏しいときはその肉を焼いて食べるらしい。肉は一緒に歩いている先導役だか護衛役だかちょっと判然とはしない白い大きな犬の餌にもなる。それにしても、こうして犬とヤクを連れて獲物を探しながら毎日旅をするのは、いかにも厳しいだろう。

季節はもうじき夏という頃だったが、なにしろ四千メートル以上の高いところを移動していくのである。水はところどころに細流があり、多くは岩石の中から湧き出したものでなんとかなる。

日が暮れる前にその日の寝床を探さなければならない。大きな岩陰を見つけて、そこで火を起こし、とらえてきた獲物を解体して肉などを食べるという。それから眠りにつくまでの時間がけっこう長い。ぼくはこのルートを五人の男たちと旅したが、それでも退屈なのと、なにがなし心細さも加わっていくので、この女の子の一人旅の厳しさがよくわかった。ヤクに背負わせている寝具類を岩の窪《くぼ》みを利用してうまく寝床にし、それからヤクが食べる草を探しに出かけるから、ぼくが考えた以上にけっこう忙しい一日のようだ。

一通りの動物たちの世話や自分の食事が終わると、大事に背負ってきたダムニャンの調弦をして、自分の好きな歌を歌うのだという。どんな歌を歌うのか聞いたら、そのときの気分で自分で作った歌をいい加減な音程で歌っていることが多い、と少しはにかみながら答えてくれた。時間さえあれば、このマーモット狩りの少女の後を追って旅をしたい。そうすれば風変わりな短編小説など書けるだろうなと思った。

祈りの額コブ

チベットのラサの中心部にジョカン寺がある。たくさんの貴重な仏像や仏典などを擁した大きな寺で、ラサを訪れるチベット仏教の信者の聖地のひとつになっている。この寺の周りの道路は八角街（バルコル）と呼ばれており、早朝からマニ車（仏教の経典がそっくり書かれている手回し車の仏具）を片手に、念仏を唱えながら時計回りに何十回も回る人々でいつもにぎわっている。それをコルラという。

チベットに初めて行った二〇〇〇年頃は、コルラをする人や観光客目当てに、この八角街のいたるところに様々な仏具やみやげ物を売っている店が並んでいた。だが今は近代化という名の強引な整備が進み、貴重な風物詩のひとつであったそのあたりのたくさんの屋台などは撤去させられ、町の別の場所にあるショッピングセンターのようなところに集められてしまった。

二度目に行ったときがもうすでにそうなっており、ラサの繁華街にはインターネットカフェをはじめとした様々な娯楽施設や、我々の国とさして変わらない猥雑《わいざつ》なサービス業の店もたくさん並び、様相はまるで一変してしまった。

ぼくが最初に行った頃は、この八角街をまだ暗いうちから五体投地拝礼で回る人たちが川の流れのように続いていて、初めて見たときはその異様な光景にいささかおののいたものだ。いたるところで香がたかれ、僧侶《そうりょ》などが教典を読み、鉦《かね》や太鼓などを続けざまに鳴らしていて不思議な魅力に満ちた異世界のようでもあった。

毎日、何時間も五体投地拝礼を続けている人たちの中にはまだ小学生ぐらいの子供もまじっており、どの子も激しく大地に頭を叩《たた》きつけるので、額に大きなコブができている。少年たちは巡礼仲間とでもいうような友人らと次第にこのコブの大きさを競い合うようなことになっていて、一人の少年の写真を撮ると、自分も自分も、という感じで同じような額のコブをつけた子供らが誇らしげに次々と集まってくるので圧倒された。

もうそうなると純粋な信心のために五体投地拝礼をしているのではなく、いかに自分の額のコブを大きく固くしていくか、などということが目標になっているようにもみえて、それもまた奇妙な異世界の風物詩のひとつになっているようだ。

八角街を回る人々の他にも、ジョカン寺の前には常に百人以上の信者たちが二メートルの範囲を動かずに五体投地拝礼を続けている光景もあり、その中にはかなり高齢な信者もいて、信心ゆえとはいえ、よくぞそのような全身を使った激しい祈り方ができるものだと驚嘆した。

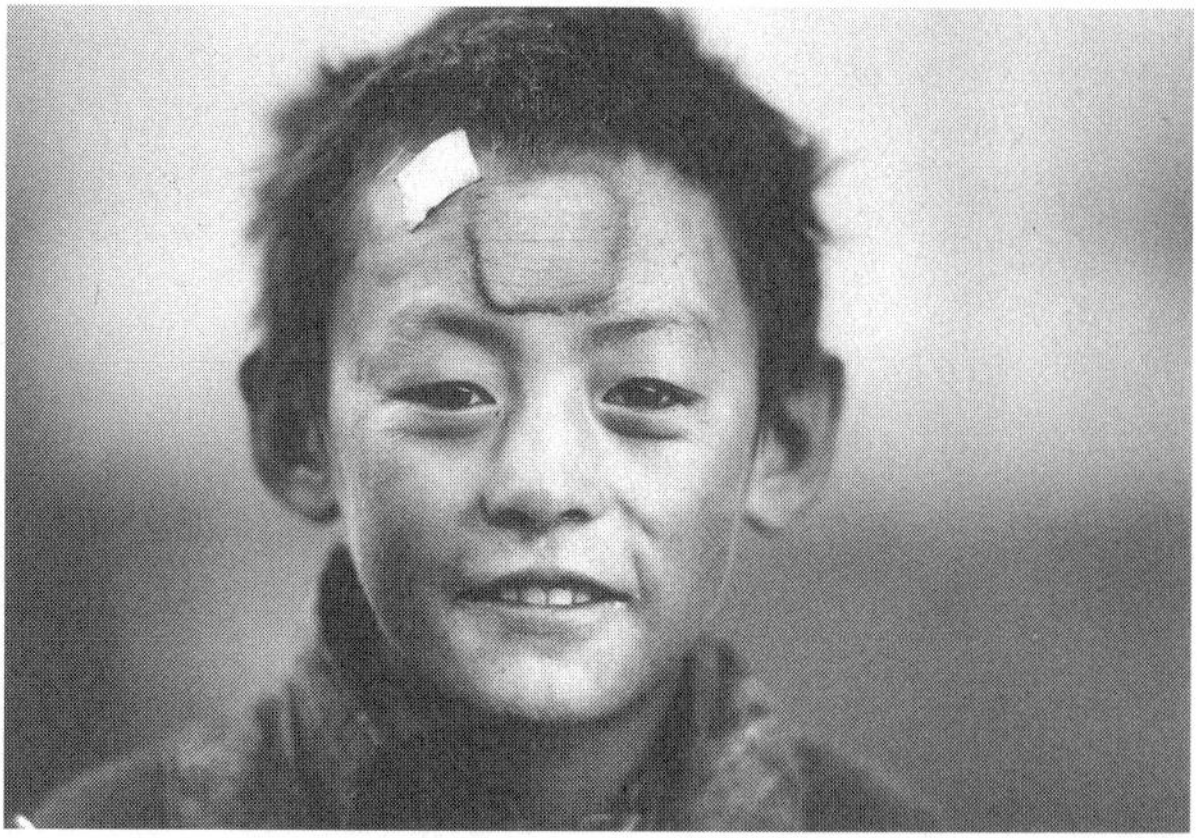

少年たちは大地に何千回も額を叩きつけてできるコブの大きさを競い合う。

チベットのマージャン結婚式

ここはチベットの小さな町の路上。彼らがやっているのはマージャンである。マージャンは中国で誕生したといわれているから、中国文化が深く入り込んでいるチベットでも当然盛んである。

この時は冬だが、こうした太陽の光の中でマージャンをしていると、それほどの寒さは感じないようだ。しかしよく見ると、ひとりは手袋をしており、ひとりはビールを飲みつつだ。外でやっているのは、室内よりも明るいからで、建物の影が卓上まで覆ってくると、彼らは影のない路上にそのまま移動したりしている。

中国式マージャンは日本式のものとは違って、筒子《ピンズ》、索子《ソーズ》、萬子《マンズ》のうちの二種類を使って手を作る。いらない牌《ぱい》は日本のマージャンのように自分の前に置くけれど、それは純粋に捨てるだけのもので、フリテンというものはないから、実に単純だ。一ゲームごとの精算になる。日本の路上将棋のように見物人がたいてい数人まわりを囲ん

チベットの町なかではよくこうした野外麻雀を見る。
部屋の中は暗いから外に出てくるのだ。

でいて、空きが出れば誰でも交替できるようになっている。一回でも数回でも参加可能だ。

中国圏のマージャン熱は歴史を持ってすさまじいもので、大勢の人が公民館のようなところに集まって、しばしば大麻雀大会を行っている。

いちばんびっくりしたのは結婚式のときにもマージャンは欠かせないことだった。中国圏の結婚式は公民館などを会場にして行われるが、両家の親戚《しんせき》や知り合いの他に、その知り合いの近所の人や友人らもたくさん参加するようになっている。だからたちまち四、五百人の客がやってきたりする。安い会費制で、日本の結婚式のような見栄の高額金を包まなくてもいいのだ。

会場には四角いテーブルがいくつも並べられており、その上に小さな毛布を敷いて、マージャン卓の完成だ。これが五十～百ぐらい並んでいて、結婚式に参列する人は、新郎新婦の入場などお構いなしに、会場に入ったとたん四人揃《そろ》うと一卓を囲む。それがどんどん増えていってやがて五十卓が埋まると、二百人が牌をじゃらじゃら鳴らしているという信じがたい光景になる。このマージャンに加わる人が多くなればなるほど、にぎやかで豪勢な結婚式だと言われるようになる。ぼくの知り合いのチベット人が結婚し、その式でそういう光景を目撃したから、これはまさしく本当の話なのである。

日本の結婚式に当然あるような来賓の祝辞とか、仲人《なこうど》の新郎新婦の紹介など一切ない。新郎新婦は何をしているかというと、マージャンをしているお客さんの席をまわってお酌をしたり、小皿に盛った料理などをふるまったりしていて、そのへんは日本の新郎新婦が参会者の席を巡るのとちょっと似ているが、しかし根本的に違うのは、参加者がそれぞれ勝負に夢中で、結婚おめでとうなどと言う余裕もないことだ。

チベット人に聞くと昔はそういう結婚式が一週間ぐらい続いたという。今はだいぶん簡素化されたが、それでも一日がかりというから、新郎新婦はやっぱりくたくたになる。

中国のおばさんは力強い

上海の裏通りを歩いていたら、市場が連続している一角に出た。市場にはいろんな店が並んでいて、特に中国では生きたハクビシンとかヘビなども売っていて、まあ力強い風景だ。いろんな部門の商品をそれぞれが持ち込んでいるようで、売り子の全員が何か叫ぶようにして売り口上を唱え続け、客のほうもそれに負けない大声で、おそらく値下げの交渉などを怒鳴り返している。

どちらにしても中国のおばさんは力強い。普通の買い物をしたくても、よそ者には簡単には入り込めないような怒号と迫力に満ちていて、とにかくいろんなエネルギーがバクハツしているようだ。

日本ではめったに見ないヘビ売り場を怖いもの見たさでじっくり観察してしまったが、ざっと数えて六種類ほどのヘビがいた。毒々しい色でいかにも有毒そうなヘビは、ヘビかごの中でそれぞれが鎌首をもたげ、ずんずんはい回っている。長さが短い割には胴体がやたら太いヘビは無毒らしく、ちょうどそれを買いに来たお客の指差す一匹を、売り場の人が両手でヘビかごの中からつかみ上げている。もし客がそのヘビを買うとしたら、どういうふうにして持って帰るのか興味があった。ずっと眺めていたが、客は自分で胴体をつかみ、重さや弾力を調べているようだった。どうも希望にはそぐわなかったようで、そのヘビはまたもとのかごに戻された。売り場でヘビをつかんでいる人も買いに来た人もおばさんであり、中国の人はとにかくいろんなところで力強いな、と改めて思った次第だ。

市場から外に出ると、にわか雨が降ってきた。多くの客は傘など雨具の用意はなく、そのまま雨に濡《ぬ》れていく人もいるが、何人かのおばさんは頭にビニール袋をかぶって出てきた。レジのところに置いてある買い物をくるむビニール袋のようで、なるほど、そうすれば髪の毛は濡れずにすむ。こういう機転も力強い中国のおばさんならではで、写真に撮ろうとカメラを構えたところ、すぐに見つかってしまい、こっちを指差し何か大きな声で怒っていた。どうもあまりにも正面から狙いすぎたようで、少し遠ざかりながら、背中と、横向きではあるけれどその力強さの片鱗《へんりん》をパチリと一枚撮った。

この買い物横丁のようなところは露天商が道の両端に座っていて、大きなコーモリ傘をさして自分と売ろうとしている品物が濡れるのを防いでいる。雨脚の強いにわか雨だったので、道はたちまち泥だらけになってしまったが、それでも露天商は移動しようとしない。案内してくれた通訳の中国人に聞くと、みんなそれぞれ立地的にいい場所を確保しているので、雨に濡れるぐらいのことでは立ち退いたりしないのだ、と教えてくれた。

そんな中を、泥をはねながら小さな車を引っ張って歩く移動式露天商のおばさんなどもいる。思った通り、双方でたちまち口喧嘩《くちげんか》がはじまった。

背中と横向きではあるけれど、その力強さの片鱗をパチリ。

ヘビ食う人々

東南アジアのいわゆるアジアモンスーン地帯の国々を旅していてよく思うのは、ヘビがありふれて目に入ることだ。ちょっと湿った原っぱや川のそばを歩いているとき、横の草地などをシュルシュルと独特の音をさせて素早く移動していくものがある。すぐにヘビだ、と気がついてやや緊張するのだが、その国の人に聞くと、ヘビなどはそこらの田んぼや草地に普通にいるよ、とこともなげだ。

その逆に、日本は大都市はもちろん、日本中のそこそこ規模のある町でヘビを見かけることはほとんど無くなってしまった。ぼくが子供の頃ぐらいまでは、一年のうちに何度かそこらの川筋などで気の弱そうなヘビを見たものだ。

中国やベトナム、インドネシアあたりに行くと、市場には肉売り場に牛、豚、羊、山羊《やぎ》、大きな食用ガエル、まれに陸ガメ、サンショウウオらしきもの、大トカゲ、ハクビシン、センザンコウなどという生き物の肉がどっさり並べられている。羊やニワトリ、ハクビシンなどは生きているのを売っているのを何度も見た。そうした肉売り場のそばには必ずヘビの売り場があって、針金で造ったかなり大きなヘビかごが四〜六個ぐらい並べられており、様々な生きているヘビが売られている。

ヘビを見るのは好きだけれど、つかんだり食べたりするのはちょっと勘弁してほしいという弱気なぼくは、市場にいた一般の客が、けっこう熱心に生きたヘビを買い求めているのを見ると、アジアの中では日本がヘビに対してちょっと異常な拒否反応を示しているのではないかと思うことがある。

１４７ページの写真に写っているのは上海の裏通りを歩いているときに出会ったヘビ専門店。買い物客の前で、このくらいの大きさのヘビが食い頃ですよ、などと言っているようだ。とにかくいともあっさりと客も売り手も好みのヘビを吟味しながら売り買いしているのが面白く、しばらくそのやりとりを見ていた。

そこでは五種類のヘビを売っており、三種類が無毒ヘビ、二種類が有毒ヘビだった。有毒ヘビは見るからに悪そうな顔をしており、勢いよくずんずんヘビかごの中でくねりまくっていて、覗《のぞ》き見《み》るだけでもだいぶ迫力がある。名前を聞いたら「百歩蛇というようです」と通訳が教えてくれた。そのヘビに嚙《か》まれると百歩歩くうちに毒が回って倒れて死んでしまうという。

　さっきヘビをたくさん見かけるところで書き忘れたが、台湾も同じようなもので、市場には普通にヘビがいるし、家庭料理にも使われているようだ。おかしかったのは、あるヘビの名前を聞いたら「三歩蛇」という。まあ中国と台湾は何かと問題になる関係であり、ライバル意識のようなものもちらほらしているから、こっちは百歩どころか三歩歩くうちに死んでしまうということなのかな、と少し笑ってしまった。

上海の裏通りを歩いているときに出会ったヘビ屋さん。
各市場にはたいてい生きているヘビ売り場がある。

北の窓

飲み水運び

ロシアの広大な北東部一帯はシベリアと総称される。ソビエト連邦の頃、いくつかの、当時衛星国といわれた国が隣接していた。そのもっとも大きな国はヤクート（現在のサハ共和国）だ。首都はヤクーツクで、冬の極寒期は街なかで零下四十五度、マローズという冬の雪嵐が来るようなときは、マイナス五十度などというのもまれではない。ある年、そんな頃に旅をしていた。長期間凍《い》てつく寒気の中で、人々はたくましく生きている。

生活をするためにはさまざまなものが不可欠だが、とくに重要なのは水、ということがよくわかった。通常の土地では、砂漠以外、井戸を掘ることでなんとかなるが、シベリアは井戸というものが存在しない。水分が空気に触れたとたんに凍結していくようなところだからやむを得ない。

水はヤクーツクの中ほどを流れる大河、レナ川から取水したものを使っているが、通常の国のように、それを消毒殺菌して、パイプを通して各家庭に流すというわけにもいかない。どこもかしこも水分は凍ってしまう始末の悪いところだからだ。

そこで、水も氷もとにかくいったん沸騰させる。火力は石炭によるところが多い。沸騰させた湯は、厚さ三十〜四十センチの寒気遮断材を巻き付けた直径五十センチほどのパイプに流す。なるべく放熱を防ぐようにして、町まで空中に造ったやぐらの上を長いパイプラインを通して流していくのだ。町に入るとところどころにそれらを小分け取水する装置があって、これがつまり給水場だ。土地によってはそこにいたるまでまだ熱を保持してる場合があるが、しかしいったん外気に触れてしまうと、そのような熱はすぐに冷やされて冷たい水になってしまう。

各家には、日本でいう水道管や蛇口からの取水などというものは一切ないから、人々はその取水場までいちいち水を汲《く》みにいかなければならない。それらの水の容れ物は、１５３ページの写真にあるような牛乳を入れる容器によく似ている。そこに水を入れてそれぞれ家までソリに乗せて運ぶ。この写真は母親とその娘さんが運んでいるところだが、水というのはけっこう重く、ソリの滑走能力もいろいろだからなかなかの力仕事だ。二人して真っ白な息をふっはふっはと吐きながら運んでいく姿は、この地を旅する者から見ると一つの風物詩だが、彼らにとっては往復一時間前後はかかる重労働だ。

水をたくさん入れて家に向かう時は、特に急がなければならない。防寒をしていない金属製の缶は、それこそ秒分ごとにはっきりと冷え、さらには凍っていく。全部凍ってしまうのも時間の問題なのだ。

この親子に断って、どのように家の中まで運び入れるのか、同行してその様子を見せてもらった。納屋のようなところにソリを運び入れていく。納屋の床はわざと凍らせてあり、ソリがスムーズに入るよう工夫していた。そこから缶ごと屋内に持ち上げるのは相当な労力がいるから、ひしゃくで必要な分だけまずはいくつかの鍋《なべ》に分け入れる。缶のふたを開けると、もう表面は氷が張っていた。

取水場まで往復1時間。
家に着いたときは水の表面はもう薄氷が張っている。

ロシアのホヤ

ここはロシアのチュコト半島。ユーラシア大陸のいちばん東のはずれにあるネオ・シャブリノという寒村だ。つまり寒い。冬季にはマイナス五十度などざらになるし、太陽の光も射さなくなる極夜が続く。

村は内海に面したところにあって、石炭による発電所設備の管理のために政府から派遣された人々も含めて、人口は三百人に少し欠けるくらいだ。ユピックと呼ばれるネイティブが住んでいるが、これはアラスカやカナダなどでいわゆるエスキモー、あるいはイヌイットと呼ばれる極北民族のロシア名だ。

日本人がここにやってくることはめったにないらしい。やってくる理由がないからだ。ぼくはその年、三カ国の北極圏を旅していたので、このほとんど知られていない極北民族の村に足を踏み入れたというわけだ。日本人で三人か五人目だと村の管理所で言われた。

村の前の内海には、一面の氷が広がっており、陸から行くと二、三キロぐらい先まで氷結していた。

　彼らは他の国の極北の民族と同じようにアザラシが主食だが、アラスカやカナダの極北民族には見られないスタイルの漁もしていた。

　157ページの写真の人は、氷海に直径四十センチぐらいの穴をあけ、そこに右手で持っているような、金物でできた日本の熊手によく似たものに紐《ひも》をつけて海底に落としていた。それからうまい具合に紐を引っ張る強弱をつけながら穴のまわりを歩き回り、ここぞという手ごたえのあったところでそれを引き上げる。

　その熊手にからめとられて上がってきたものには見覚えがあった。ホヤである。ホヤは日本の東北の、例えば青森や岩手、宮城などで好んで食べられている夏の風物詩でもある郷土の海産物だ。日本のホヤは全体に凹凸があって、初めて見る人は少したじろぐほどの面妖《めんよう》なる姿をしているが、これを新鮮なうちに食べると、まことに滋養に満ちており、深い北国の味がして、好みもあるが酒の肴《さかな》としておいしくて、こたえられない独特の風味がある。

　そのホヤにもいく種類かあるが、北の方に行くと凹凸は消えて、全体が丸みを帯びて巨大になる。まあ見方によればタコの頭に例えることができるだろう。頭のあたりに二つの突起があって、おとぎの国ののっぺらぼうの怪物の角みたいで面白い。どちらかが海水を吸引し、どちらかがそれを吐き出す役をしている。その双方をよく見ると、突起の先の穴がドライバーのプラス（＋）とマイナス（－）そのものの形をしているので、ますますユーモラスな海のおもちゃみたいに見えてくる。

ユピックはどんなものでも生で食べるが、日本でもホヤはもともと生で食べるもの。ぼくはあるユピックの一家にホームステイしていたが、さっそく出された食べ物は丸ごとのホヤで、こんなものは東京では絶対にお目にかかれない。ナイフで切って、もちろん生のまま食べたときに、まわりのユピック一家は実に嬉《うれ》しそうな顔をしてくれた。

熊手によく似たものに紐をつけてのホヤ捕り。
氷海の穴からおろし、7〜8メートル下のホヤをひっかけあげる。

厳冬の歌声

ロシアでは十一月の声を聞くと、さっさと本格的な冬になる。これはサンクトペテルブルク（旧レニングラード）で散歩しながら撮った写真だが、小学生たちがどこかに見学に行ったかちょっとした遠出をした帰りにすれちがったときのものだ。みんながっちりした防寒服と暖かそうな毛皮の帽子をかぶり、マフラーに手袋というかにも寒い国らしい正装スタイルだ。

この時期、冬のロシアを二カ月ほど旅していてわかったのだが、ここはまだロシアの巨大な都市だから、このくらいの時期でも道路整備がなされており、気温もマイナス二十度ぐらいで、子供たちには、北海道ふうにいえば、「しばれる」ということにまではいっていないようだった。ほとんどの子供らがこの土地で生まれてここで育ってきたのだろうから、この程度の寒さは初冬の頃のあたり前の状態なのだろうなと思った。

サンクトペテルブルクで撮った子供たち。
なじみのロシアのうたをみんなで合唱しながらやってくる。

ぼくは四日ほど前にモスクワについたばかりの状態だった。空港から降りたときには、あまりの空気の冷たさに全身がきりりと緊張したものだ。聞けば、まだ暖かいほうだという。もう少し季節が進むと、雪はさしてたくさん降るわけではないが、路面が凍っていくので道路に積もった雪を取り除く除雪作業がはじまり、マイナス三十度近い気温になると、いよいよ冬が来たな、と思うらしい。

この旅の間、各地でいろんな写真を撮ったが、あとでそれぞれの写真を見てその場所のおおよその温度の見当がつくのは、蒸気のような白い息を吐いているか、いないかの違いである。そのあたりを何ヵ所かまわっているうちに、ぼくの体も強引に慣らされていき、最初、戸外に出て呼吸をするときに、鼻の奥から喉《のど》にかけて入り込んでくる冷気にいささか恐怖を感じたものだが、三日もするとそんな違和感もなくなり、体の内側も外側も徐々に確実に順応していくのを感じた。

この後、ぼくは国内線に乗ってシベリアを九時間かけて横断するのだが、北東シベリアはもっと早く寒さのかたまりが押し寄せてきており、ぼくもいっぱしにサンクトペテルブルクのマイナス二十度など暖かいものだったよ、などと地元の人に強がりを言ったものだ。

十二月に入ると気温は確実に毎日マイナス三十度以下になり、そうなると、鼻から口を覆うような暖かいマフラーやフェイスマスクのようなものが必要になる。慣れない者はそういう防寒措置をとらないと、やがて凍傷にかかるという。

それでもびっくりしたのは、その土地で出会う子供たちはサンクトペテルブルクで出会ったこの写真の子供らよりももっとカンタンな衣服で、足元もフェルトの長靴が主流だった。しかしそれが皮よりもプラスチックなどよりも滑りにくく、暖かいのだということをだんだん知っていった。

北極圏のカリブー狩り

カナダの北極圏、ポンドインレットで、イヌイットの家族の狩りに連れていってもらった。冬は簡単にマイナス三十度ぐらいになってしまうが、ここも夏がくればプラス五〜八度ぐらいになるという。

なにもかも凍結してしまう冬よりいいか、と思ったら氷の溶けたツンドラは蚊だらけだった。それも蚊とり線香程度のケムリでふにゃふにゃ目をまわしてしまう日本のナマクラ蚊とはわけがちがう。煙幕のような集団をつくり、ツンドラ中どこにでもいるのだ。極寒ならば厚着をすればなんとかなっていたが、蚊の無差別攻撃にはあらがうすべはない。

でもネイティブは強い。フード付きの服を着て蚊よけスプレーを持ってときどきそれを使うがあとは無防備だ。

我々はカリブーの群れを追っていた。カリブーは氷や雪の消えたツンドラに生えてくる苔《こけ》を食って集団で移動していく。

野生のカリブー猟を初めて見たが「鹿狩り名人のおじいさん」なんてのはウソだとやがてわかった。

撃ち取るのはたいへんな労力がいるのだ。たとえば165ページの写真の少年は十二歳だが、彼がいちばん活躍していた。

狩りにはまず遠くをきっぱりみきわめる視力がいる。遠くのカリブーの群れをみつけ、風下から接近していく。でもカリブーも常に用心しているからたとえ風下でも自分らに危害をあたえそうな奴をすぐに察知して群れは走って逃げる。それを重い銃をもち、走っておいかける。ツンドラというのは思いのほかやわらかくスポンジの上を走っていくような感触だ。いろんなところに割れ目があり、足を突っ込んだら狩りどころではない。

少年は狙ったカリブーと、足もとのツンドラの割れ目の双方にほぼ同時に視線をはしらせ、とにかく全速力で追っていく。

やがて射程距離にはいると片膝《かたひざ》の上に銃身をおいて照準をさだめ、同時に息をとめて撃つ。一発で仕留めないとだめらしい。

「鹿（カリブーの仲間）は一発で仕留めろ」と映画「ディア・ハンター」のなかでロ

バート・デ・ニーロも言ってたじゃないか。

この瞬発力と注意深さと、走っていっていきなり息を止めて射撃する、という一連の行動は若い狩人でないとできないのだろうなあ、と見ていてよくわかった。老人がやったらたちまち心臓発作だろう。

仕留めたカリブーは一時間ぐらいそこに放置し、それからナイフで上手に解体して生のまま食う。カリブーの肉はうまい。たぶん松阪牛《まつさかうし》よりもうまいと思う。かれらネイティブは食べるときに胃袋を裂く。このカリブーは六十〜七十キロぐらいで四キロぐらいの重さの胃袋があった。胃の中は食べた苔でぱんぱんになっていて半分ぐらい胃液で溶けている。それをバターのように肉に塗って食べる。冬のあいだ人間にはまったくとれなかった植物性ビタミンをそうやって補っているのだろう。その日の夜、日本から持っていったカレーの具にカリブーを使ったら、彼らに大好評だった。

このカリブーを射とめたのは 12 歳の少年だった。
10 分以上ツンドラの上を走り 1 発で倒した。

流氷の夏

カナダの最北端にある大きな島、バフィン島。後ろに見えるのはデービス海峡だ。これは海峡につながっていく幅の狭い川なのではないかと思うような海峡で、まだ山の上や海面にはたくさんの氷が残っている。季節はちょうど日本の七月ぐらいだ。

この海峡は狭いぶん、冬になって氷がそこを覆いつくすのも早い。夏に向けて氷が解け、より広い海峡へ流れていくのもかなりのスピードがある。

子供らはこの流氷に乗って遊ぶのが大好きだが、天気の悪い日などは危険でもある。あまり凹凸のない粗末な長靴をはいている子がほとんどだから、滑ったら一瞬のうちに海の中だ。でも北極圏の子供は力強いもので、もうあたり一面、彼らにとっては夏が来ているから、落ちた流氷の周辺をまわって上りやすいところからまた氷上に復帰するのも訳はないらしい。

三人はみんなイヌイットの子供たちだ。冬には海峡の海氷がびっしりと厚さ二メー

カナダ最北端のバフィン島。
後ろに見えるのはデービス海峡。

トル近く凍り付いて、氷上には牙風《きば》とでも言いたいような、身を切る風が吹き荒れる。その頃は気温もマイナス四十度は軽く超えるから、海の上では子供らが滑って転ばないようにしてどのくらい走れるか、くらいの遊びしかできない。スケートなどのぜいたく品はまだ村の誰も持っていない。

もうじき夏がやってくる！　というヨロコビに満ちた子供らの笑い顔が嬉《うれ》しい。長いこと氷に覆われていた山にはおびただしい草が生えてきて、においを発しない氷の上とは全く違う生命の息吹《いぶき》が渦巻いている。これらの草だって半年以上も自分の上にのしかかっていた雪が溶けて、太陽の光が直に差し込んでくるから、ヨロコビもひとしおだろう。まだ湿っている大地からの水分を吸収してすごいスピードで成長する。

冬にはできなかった遊びがこの草原の起伏の上でたくさんできる。ただし、そのヨロコビも束の間で、もうじき溶けた氷がいくつもの水たまりになり、そこからおびただしい数の蚊が発生してくる。蚊たちも春や夏が来るのを待っていたわけで、ものすごい数の蚊の集団が地表近くを流れる雲のようになって、人や動物たちに襲いかかってくる。

ちょうどぼくはその頃居合わせたので、日本とは全く桁違《けたちが》いの、昼夜を問わずまわりにまとわりつく蚊の大群に辟易《へきえき》した。でもイヌイットの人々にとっては、この季節の風物詩のひとつになっているようだった。

スコットランドの燃える土

スコットランドは美しいところだ。イギリスから見ると、日本に例えればこのあたりはちょうど東北地方のような位置感覚になるのだろう。まだいたるところに原生林が続き、クルマで行くと森林の奥にやみくもに突っ走っているような気分になる。やがて風景が開けると、スペイ川の流れが並行するようになる。

ぼくが行ったのは秋のさなかで、道路の左右にハリエニシダのとがった葉が金色に輝き、川のそばには時折打ち捨てられた古城などが見えてくる。日本でラブホテルの張りぼてインチキ城が見えたりするのとは大違いだ。この川は非常に水質がいいので、シングルモルトウイスキーで有名なザ・マッカランやグレンフィディックなどの蒸溜《じょうりゅう》所が並んでいる。

フェリーで、ヘブリディーズ諸島のアイラ島に向かった。ここは真珠を連ねたような美しい島々と人々に言われており、風景は、きらめく海とその向こうのまさしく美しい島々が主役となる。この島は海底から隆起してできたと言われており、土壌は一面ヒースという、北の国独特の植物に覆われていた。この地には紀元前六五〇〇年頃から人間が移り住んだという。ここでもシングルモルトウイスキーの蒸溜所がいくつかあり、人気がある。

そのひとつにボウモアというシングルモルトウイスキーの蒸溜所があり、そこに取材に通った。このボウモアのラベルには海鳥の絵が描かれており、ウイスキーのラベルにしては異質だが、現地に行くと理由はすぐにわかった。蒸溜所が海べりにまるで防波堤のようにして建てられているのだ。

ウイスキーの原料の水はこの島を流れてくる川から取水している。土壌には海のエキスが濃厚に残されており、ボウモアは最初飲むと、これがウイスキーか？　と思えるくらい強烈な海の気配がする。慣れないうちはちょっと驚くが、酔うにつれてその海のウイスキーである海鳥の飛ぶラベルを見つつ、よそでは造ることのできない貴重で独特な味と香りに魅せられることになる。

もうひとつ面白いのは、ここに住む村の人々は十一月にもなると、それぞれが原野に出て、日本でいえば長芋を掘るような細長い形をした独特のシャベルを土壌に斜めに突き刺し、まるででっかい泥のヨウカンのようなものを引っ張り上げる。ちょっと硬めの泥で作られたヨウカン状の形をした泥の物体を次々に取り出していき、そのあたりの原野に並べて最低半月ほどは干しておく。

乾燥すると、それらを車に積んで自宅の燃料小屋に入れる。そうなのである。乾燥した土は元々はヒース等が積み重なってできた泥炭であり、それは寒い国のきわめて熱効率のいい無料の燃料になるのだった。ヒースの土壌は野菜栽培などには向かないが、暖房素材としてこういう寒い国の生活に大いに役だっているのである。

長芋を掘るような細長い形のシャベルを使って、少し湿った粘土状の
土をでっかいヨウカンのように何本も抜きだす。

NYの問題ラーメン

日本のラーメンがすばらしいイキオイで世界各国に進出し、どこでも人気を博している。あの花のパリのオペラ座通りの一筋裏の道にもラーメン屋が何軒か並んでいるし、今はニューヨークでも日本のラーメン屋がけっこう人気だ。

ハドソン川の近くのブルックリンには行列のできる人気ラーメン店が七、八軒集まっているというので、その一軒を覗《のぞ》いてみた。時間によるのか行列こそなかったが、中は満員の客である。日本人の観光客や現地にいる日本人がお客さんの中心なのかと思っていたのだが、そうではなくて、店内の客も厨房《ちゅうぼう》の中も見たところ日本人の姿はまるでなかった。欧米人は細長いものをススルという動作が苦手で、熱々のラーメンなど苦手と聞いていたから、その光景はちょっと驚きだった。

メニューもたくさんの種類がある。いきなり笑ってしまったのは、壁に木札が貼ってありそこにカタカナで品目がタテに、「ラ一メン」「チャ一シュ一メン」「カレ一」

などと力強く書かれていることだった。しばらくぽかんとしたが、やがてこんなふうに想像した。この店づくりやメニューの選択などに日本人の目がまったく入っておらず、インターネットなどで日本の有名ラーメン店のメニューなどを見て、そこから書き起こしたのではないか。英語には音引きの表記がないから横書きのメニューから文字を起こしたときに、このように「ラーメン」が「ラ一メン」になってしまったのだろう。まあ微笑ましい光景でもあった。

値段はけっこうする。二十ドルから三十ドル。チップを入れるとチャーシューメンなどは三千五百円近くになる。

ぼくの隣にいたカップルが楽しげにラーメンを食べていたが、やはりドンブリからそのままスルという高等技はなかなか難しいらしく、麺《めん》をいったんレンゲの上に乗せてくるくる巻くスパゲティふうの食い方をしている。カップルは食べながら、そして食べ終わってもうっとり見つめ合いながらおしゃべりをしているから、それだけでも時間がかかる。

やがてぼくの前にもラーメンが運ばれてきた。チャーシューがどでんと乗っかっている。これが驚きなのだが、大きさは十センチ×五センチぐらいで厚さは七、八ミリある。どうも彼らは肉というとステーキが念頭にあるのかもしれない。日本と比べて肉は格別安い国だが、それでも手間のかかるチャーシューでこれだけ大きいのを作るとなると大変だろうし、食べるのだってナイフとフォークが必要なほどだ。

麺とスープの味はなかなかのもので、文句ありません、という気分だった。ぼくがラーメンと格闘している間に隣のカップルは、食べ終わっても会話を続け、そのままずいぶん長いこと空のドンブリを前に愛など確かめ合っているようだった。行列ができるというのは、このように個々の客の滞留時間が長いためらしいからのようだ。

シューユ系とトンコツ系を混ぜたような濃厚スープの上に
でっかいチャーシューがどでんとのっている。けっこううまいが……。

南の窓

インドの熱風少年団

これまでずいぶんいろんな国を旅してきたが、初めて出かける国でいちばん気になるのは、そこにビールという酒が存在するか否か、ということだ。元々ビールというものがないし、戒律上および習慣上飲まないようになっているという国もけっこうある。いったん仕事がらみで渡航することを決めていながら、「そこの国はあまりストレートにビールが飲めないから」などという理由は言えないけれど、なんとなくうやむやにしてその国に行くのをやめたことがぼくはある。

それから幾星霜、時代が変わって、今は昔と違って、たとえば旅人だけはホテルの中で飲めるとか、法令が変わって飲酒の規制が緩やかになった国なども多いから、世間から見れば、ビールがあるなら行くなどといっていたぼくは大バカものの範疇《はんちゅう》に入るはずだ。

さてこの写真に写っているひとかたまりになっている少年たちは、インド洋に向か

インドの南の海岸は太陽が真上にあるので、
自分の影が真下になってしまってほとんど見えない。

った海岸で撮った熱風フルチン少年団である。インドの南に位置するこの地は、そこに向かう前から、暑さのためにへたすると脱水症状で命にまで絡むような危険があるとあちこちで聞いていた。それなりに用心し、たった一週間の滞在だから、ビールがないならおのれの大バカ肝臓を少し休めるためにも、これも試練かもしれないと思って行った旅でもあった。

飛行場はタラップを降りる形式で、キャビンから出ると、しばらくは気がつかなかったが、聞いていたように、体全身を熱気が総攻撃してくるような猛烈な暑さがあった。歩いていて気がついたのは、自分の影が足元にしか見えないことだった。太陽が真上に来ているのである。

最初の日はどこへいくというあてもなかったので、少しは冷気を求めて海の方へ向かった。予約したホテルには電気的な冷房システムはなく、天井で大きな扇風機ががたらーんと仕方なく回って空気をわずかに動かしているだけだった。いたるところ暴力的な、骨身にしみる暑さだった。骨身にしみるのは寒さだけかと思ったら、この灼熱《しやくねつ》の国の熱風は、まさに体中をくたくたにさせる。

話には聞いていたが、停まっているクルマのボンネットに生卵を落とすと十分ぐらいで本当に目玉焼きになってしまうのだった。

海岸に出てしまったものだから日陰はなく、もうこれは海に入って、海水で体を冷やすしかないと思っていたところに、このフルチン少年団がやってきた。言葉は全く通じないが、かれらはしきりにしぐさで懐から口に向かって手を左右に動かす。何か食い物をくれ、というよくある世界共通の手真似であった。

不思議なことに、水をくれ、という仕草がなかったのは、彼らのほうが新参者のぼくたちよりも、まあ数百倍暑さへの防御能力ができているからなのだろう。この酷暑熱風少年をひとかたまりにして撮った必死の写真が、この一枚だ。

バリ島の心地よさ

バリ島はいつ行っても魅力的な島だ。季節を問わずそこを訪ねると、必ず思いがけない風景に出会う。島の人々の民族の伝統に彩られた風習、食べ物、激しく変わる山、海、川、水田の景色に、いつも魅了される。

インドネシアはフクザツな多神教の国で、バリ島はヒンドゥー教だった。けれどインドにあるような厳粛な意味での偶像崇拝を基盤にしたヒンドゥー教とは少し色合いが違う。そのへんに生えている木も、流れる川も、野辺に咲く花も、もっといえば吹いてくる風も全てに神が宿るという考え方だった。

たくさんの神様がいるので、偶像崇拝のあるところではそれをめぐっての祭りがいたるところで行われている。特に祭りが集中的に行われている季節に旅すると、歩いていく道の角とか海辺など数々の場所で、次々に庶民の喜びの笑顔や時間に触れることができる。

神にささげる共通した踊りがあって、大きな舞踏の場に、ガムランというバリ島の伝統的な庶民の音楽がある。

ぼくはバリ島ほど竹を使った文化の国をほかに見たことがない。一般の生活から、そうした祭りの華やかな場にいたるまで、竹を使った装置がびっくりするほど有機的、効果的に備えられ、軽やかに楽しげに使われているのを見た。

ガムランは、あらゆる太さの竹をさまざまな長さに切ったものを集め、それを手や木や竹の棒で叩《たた》いて様々な音を奏でる伝統音楽だ。小さなスケールのものでも二十人位がその竹楽器にとりついて演奏をする。当然ながら細い竹は小さく甲高い音、太い竹は大太鼓のごとき大きく力強い音が奏でられる。笛の音のリードのもとに、これぞ竹のオーケストラという様相をみせてくれる。バリ島ではそれをジュゴクと言っていた。

舞台では村の娘らがほぼ日常的に練習しているらしい神への踊りを演じている。色とりどりのきらびやかな衣装と、かなり濃い目の化粧が、子供たち、とくに女の子たちのあこがれの的になっているようだった。どの子の眼も午後の木漏れ日の中できらきら光り、自分も大きくなったらあのように素敵な音楽の中で踊るのだ、という希望に満ちた息吹《いぶき》が伝わってくる。

いたるところでこういう祭りが行われているので、どこか基本は同じなのだろうが、村々によっていろいろなバリエーションに彩られ、地域によっての違いを見ていくのも楽しい。

バリ島に住む人々が大切にするこの伝統文化はかたくなに守られ、ともすると急速に変化していきがちな途上国の物質文明崇拝の気配が、たぶんある程度の見識によって抑え込まれているのだろうなという感触がある。コンビニなどが一軒もない、笛と太鼓の音が聞こえる道を行く旅は、心が豊かになっていくような気がした。

村の娘らがほぼ日常的に練習している神への踊り。

究極の芋の口嚙み酒

南の島に行くと時々とんでもないものに出っくわす。この南洋女性は、今キャッサバの根塊の部分を細かく切って茹《ゆ》でているところだ。南洋ではおなじみのタロイモとかヤムイモと呼ばれるものと同じく主食になる芋で、これは生で食べるとものによっては青酸毒があって、命を失うこともあるというコワイ食材でもある。

この日は村のあちこちで同じようにしてタロイモやヤムイモを茹でていた。何をするのかぼんやり見ていたが、十軒ぐらいの家で同じことをしているので、これはなにか集団料理を作るのだろうと思った。茹であがったそれらは大きなタライ状のものにどっさり集められ、それを数人がかりで村のしきたりにかならうらしい場所に運んでいく。間もなく女たち十人前後がそのタライのまわりにとりつき、一人の女長老とおぼしき髪飾りをいっぱいつけた人が、現地語で厳粛なんだかおどけているのだかわからない節回しの、呪詛《じゅそ》にも似たいかにもまつりごとの開始を告げているとわかる歌をひ

この南洋夫人はキャッサバの根塊を細かく切り、茹でていた。

としきり。すると真向かいに座っていたおばさんが目の前のタロイモをかなり大量に片手でつかむと口の中に押し込んだ。それが合図だったのか、まわりを囲むおばさんたちがみんなしてさっきの女長老が歌ったようなのを合唱する。

最初にマッシュポテト状になったタロイモを口に含んだ女性は、目をつむってそれを頬の左右に動かすようにしてカミカミし始める。これがものすごく力強く、左右の頬と頬を移動する速さもめざましい。噛むというだけでなく、大量のそれを口の中で躍らせているように見えた。ずいぶん長いことそうしていたが、人間が口の中に入れたものをよくそんなに長時間噛み続けられるものだと思っていた頃、そのおばさんは口の中のものをブワーッと広大にそっくりタライの上にぶちまけるようにして吐き出した。

その頃になってアホなぼくもやっと気がついたのだが、それは話に聞く口噛み酒を造ろうとしているのだった。最初のおばさんが口の中のものを全て吐き出すと、まわりにいた全員がそれぞれ同じように口の中に手のひら一杯の芋を放り込み、先ほどのおばさんのように力強くまんべんなく全体を丁寧に噛み、さっきと同じようにもう人間としてはいい加減に限界だろうと思われるような時間になって再びドバっとタライの中に吐き出す。

別の人がまあ、日本風にいえば、大きなしゃもじでタライの中をかき回し、また全員で片手一杯ずつ口の中に放り込み、同じように長時間右や左の頰にため込んではカミカミし、ツバとよーく混ぜてタライに吐き出す。いつの間にか近よってきた、口嚙み酒造りに参加しない人々が木槌《きづち》のようなもので板を叩《たた》いたり、何かの大きな植物の実の殻を振り回しての演奏隊になる。

それは小一時間続いた。終わるとそれらの上にむしろをかけて一晩置き、翌日にはもう発酵しているので、その最初の祝い酒を皆で乾杯するのだ。少しもらった。フクザツな風あいだった。くわしい味については、またいつか。

アマゾンの釣り名人

アマゾンにも季節はある。ただし二季。正確にいうと、乾季と雨季というやつで、おのおの半年間ぐらい続く。

この大きな魚を抱えている老人を撮影したのは、奥アマゾンの入り口といわれるテフェから、船で二日ほど上流へ向かったポカ村という、村全体がそっくり水没しているちょっと変わった集落だった。雨季の末期に当たる頃で、奥アマゾン一帯が平均十メートルの水に覆われている。毎年くりかえされている洪水だ。

アマゾンの源流部はボリビア、ガイアナ、ペルー、エクアドルなどから流入してくるおびただしい数の氾濫《はんらん》川によって構成されている。一つの川で二千キロ平均というから、日本列島ぐらいの長さの川が毎年氾濫を引き起こし、アマゾンの本流に流れ込んでいるコトになるのだ。

ぼくが十日ほどお世話になったこの老人は、ポカ村の村長さんだった。そのあたりも乾季の頃に比べて水位が十メートルほども上がっており、人々は浮力のある太いバルサ材を切って筏《いかだ》を造り、その上のありあわせの木で造った粗末な小屋に一族が住んでいる。何かほしいものを手に入れるのには船で二時間も行かないとものを売っている店などないから、いってみれば自給自足の毎日だ。

豊富な生物相を擁したアマゾン川からいろんな生き物を釣り上げることが、この老人のたくましく、しかも楽しげな日課になっている。顔をあわせて三日目に、このあたりの住民が足がわりに使っているカノア（木で造った軽い舟。カヌーのようなもの）に乗ってその日の漁に同行した。

雨季のために、普段の大地から約十メートルほどの高さまで水によって覆われているから、樹高のあるジャングルの上のほうの一部があちらこちらに見える。乾季の頃には藪が密集して危険で入り込めない地表も樹冠の周辺も、カノアですいすい通り抜けて行けるのが爽快《そうかい》だ。

釣りは覆われた水の上に水深よりまだ高い木が森を作っているところで行われる。粗末な延《の》べ竿《ざお》に、かなりラフな針をつけ、餌として赤い木の実をつける。直径三、四ミリ程度の見るからにはかない赤い木の実が餌になるとは思ってもみなかったので、どうなることかと興味深く見物していた。

すると頭上にサルが現れた。水で覆われたそういう地域は氾濫原というが、木の上に住んでいる動物たちは木の枝から枝へと伝わり歩き、彼らは彼らでたくましく生きている。

さて、村長さんは釣り針につけた木の実を、ふわりと水面に投げ落とす。四、五秒待って、何のアタリもないときはすぐ他へ移動し、また同じことをする。

そのとき教えてもらったのだが、木の上に住んでいる、先ほどのサルのような動物が食べ落した木の実を、魚たちが食べるのだという。その生態を利用して、木の実を餌に魚を狙うわけだ。

三十分ほどかかったが、やがてこの写真にあるようなタンパキを釣り上げた。高級魚である。お見事、お見事。

ポカ村の村長さん。
木の実で高級魚のタンパキを釣り上げた。お見事。

イグアスの滝

イグアスの滝はすさまじい。滝というと世界的にはすぐナイアガラ、と答える傾向があるが、イグアスはナイアガラなど足元にも及ばないぐらいのものすごいスケールと迫力を誇っている。アルゼンチンとブラジルの国境に位置し、かなり幅広い瀑布《ばくふ》が落下しており、端から端まで行けるルートはない。けれど特別激しいところには、この写真で見るような鉄と木で造られた柵《さく》がついていて、そこを歩いて行くと高さ八十メートルほどの巨大な滝の正面に出られる。けれどあまりにも大量の水が一気に落下しているので、跳ね返ってくる水煙で流れ落ちていく滝の底のほうを見ることができない。

このぶ厚くすさまじい滝のまわりにはたくさんのツバメが飛び交っていて、ここに来る前にあらかじめ聞いていたのだが、それらのツバメはこの滝に突っ込んで行って、その裏側に自分の巣を作っているのだという。そんなものすごい場所だから、何か他

イグアスの滝をバックにした家族。
すさまじい瀑布の音で会話ができない。

の動物がやって来て卵やヒナを荒らされることはない。だからツバメは必死になってその特攻作戦を考え出したらしい。実際に見下ろしているあいだにも何羽ものツバメが滝のど真ん中に突っ込んでいく様子を見た。それからまた同時に、自分の巣から外に出てくるために、滝の内側からツバメがロケットのようにヒュンヒュンとび出してくるのを見ることもできた。

これまでぼくは世界各地でいろいろな滝を見てきたが、見下ろすか、見上げるかの滝が多いので、こうしたすさまじい瀑布を正面からじっくり見るのは初めてだった。そうしてとにかくずっと見ているうちに、なんとなくその柵を乗り越えて滝壺《つぼ》に飛び込みたくなるような怪しい気持ちになり、少し目をつぶって滝の音だけ聞いていることにした。

後でその滝を一緒に見に行った数人の仲間と話をしていたら、みんなさっきぼくが感じていたように瞬間的、発作的に滝に飛び込んでみたくなってしまい、いささか慌てた、という同じような感想を述べていた。一体なんでだろう、そんな話になったが、たぶん、滝というのはどこでもそんな気にさせるものなのだろう。これまでの長い年月のあいだ、故意に、あるいは何かの事故でこの滝に飲み込まれた人が積算すると相当数いて、そういう人たちが滝壺からおいでおいでと呼んでいるのではないか。みんなしてそんなことを言い合った。

宗教がらみの出来事になるが、この滝を十字架に縛られて落とされた宣教師がいたという。映画にもなったというので、帰国して急いでＤＶＤを買ったのだが、すぐ見るには何かあまりにも生々しすぎるような気がしてしばらく放っておいたら、そのＤＶＤはいつの間にかどこかに行ってしまった。

ナイアガラでは樽《たる》に閉じこもって滝の上から下まで落ちた人が何人かいたという。その乱暴な実験の成否も何かに書いてあったが、忘れてしまった。滝はどうも確実にそこにやってくる人間どもを呼んでいるような気がする。

毒ヘビ村の人々

南米パラグアイに流れている大河、パラナ川をさかのぼって行くと、大きな川の中に小さな島々がたくさん見えてくる。おそらくその昔は地続きだったところだが、川が何度か荒れて陸地が分断され、大小さまざまな島が生まれたのだろうと思う。どちらにしても、言うところの川中島なのだが、人が住んでいるところと無人島が入り混じっていて、人が住んでいても文化、文明から取り残されているようなところがほとんどだ。島の周辺で魚を獲《と》ったり、島にいる動物を狩るのが彼らの日常である。要は自給自足。

そのうちの一つの島に行った。川が荒れるごとに年々島の形も変わっていき、まともな地図もないようなところであり、水路も迷路のようにたくさんあった。それを利用して麻薬のシンジケートが暗躍しているから注意しろ、と出かける前にさんざん言われた。

上陸したところはフェガチニ村（もしくはフェガチニ島）といった。その名の意味を聞いたら、このあたりの言語、グアラニー語で毒ヘビのことだという。簡単にいえば毒ヘビ島——という訳である。

島民は島の思い思いのところに様々な住居を造って暮らしているが、島の名の通り毒ヘビだらけなので、あまり奥地に住むことはできない。滅多に来訪者などいないからだろう、我々が上陸していくとたくさんの人々が集まってきた。ざっと百人位だったろうか。事前に聞いていた情報ではほとんど裸族だと言っていたが、けっこうさっぱりした衣服を着ており、その格好だけ見たら町のちょっと貧しい住民と見えないこともない。しかしここにはもちろん電気などなく、産業もないので、これといった収入もないらしい。

面白いのは、あっても履かないのか、元々無いからなのか、衣服は着けていても誰も靴など履いていないことだった。毒ヘビがいたるところにいるというのに、度胸があるのか無知の由なのか、ほとんどまともなコミュニケーションもできないのでその辺のことがまるで謎だった。

つい数年前に、政府の機関がこうした置き去りにされたような島々の住人らに、様々な中古の衣服を届けるようになったという。そのときもしかすると靴を供給品の中に入れ忘れたのではないかと、根拠のない推察をした。

彼らの主食はワニやアルマジロ、パルミットと呼ばれるバナナのような葉の大きな植物の芽など。大陸とつながっている連絡船などがあれば、もう少し独自の発展をしそうに思うのだが、彼らはそうした粗末な自給自足生活で、とりあえず平和に暮らしているようだった。

身なりも生活も貧しさの限りだが、女の子などは南米特有のはっきりした顔立ちをしており、無邪気で人なつっこい。おかれた立場で生きていかねばならない〝運命〟というものの残酷性を、そこかしこで感じたのだった。

南米特有のはっきりした顔立ちをして無邪気で人なつっこい。

ニューギニアの鮫狩り

ニューギニアの鮫《さめ》狩りに出て、父親と一緒に獲物をあげて村の浜に帰ってきた少年。このあたりはシュモクザメがいて大きいもので四メートルほどある。もともと人食い鮫だからこいつを見つけると漁師は真っ先にねらう。

クレーンのフックではないかとみまごうばかりの針に老齢雄鶏《ロートルチキン》を差し込む、これが餌だ。適当な深さのところにいって餌をほうり投げると、冗談みたいにすぐ食いつく。人間がうっかりカヌーから落ちたらどうなるのだろうか、と身のひき締まる思いだ。

餌がかりすると船頭はすぐにひきあげるようなことはせず、しばらく餌と針を口のどこかにひっかけさせたまま泳がせる。もどかしいくらい長い時間だ。

シュモクザメが疲れたと思われるころ、ゆっくりゆっくりひきあげていく。稀《まれ》にこのとき獰猛《どうもう》なホオジロザメなどがシュモクの胴体に噛《か》みつく。あとでスクーバダイビングしながら見ていたが大きな鮫に大きな鮫が食いつくときは横から攻めていって喉《のど》

この日の獲物はシュモクザメだった。
とうちゃんみたいに釣るという夢と期待で目がキラキラしている。

首《くび》あたりをガブリとやる。

小さな獲物だった場合は後ろからいって胴体にしっかりかぶりつきそのまま水中で自分の体を一回転させる。全身の力を使って傷口が直角に切れるくらいスパッとやる。そうして全身を捩《ね》じる。捩じりとる、というやつだ。泳いでいる人が鮫に片足を食いちぎられた、などという話があるが、人間の大腿骨《だいたいこつ》には結構太い骨がある。そうとう強力な力でないと人間の片足をそんなに簡単に捩じり切れないのだろうな、と思っていたが、今回間近で見た説得力はハンパじゃない。

いくらか弱ってカヌーの近くまでよせられた鮫の頭を漁師は櫂《かい》でボコボコに殴る。容赦ない全力ぶりだ。

それでも巨大鮫は死なないので最後は鰓《えら》の奥と顎《あご》の後ろにある急所をギャフでひとつき。櫂でそいつの口を強引に開き、いま飲み込んだばかりのニワトリをひっぱりだし、次の獲物のためにまた使う。貴重な鶏である。同じ餌で三〜四匹釣るのが普通だった。

ニューギニアのこのあたりの人々の主食はタロイモとかヤムイモである。これをふかしたり焼いたりして毎日食っているから鮫狩りの日はひさしぶりに海のたんぱく質を食えるのだ、という思いで祭りみたいに賑《にぎ》やかだった。

大きなシュモクザメをしとめたカヌーには子供が二人乗っていてその一部始終を見ていた。自分も大きくなったらとうちゃんみたいにああいうのを釣るのだ、という夢と期待で目がキラキラしている。

シュモクが掛かり、疲れさせるために流しているあいだ、子供たちは器用に子供むきのアオザメなどを釣っていた。小型とはいっても子供二人顔を真っ赤にしてロープを引かないとカヌーの上に持ち上げきれない。

船端に流しておくと別の鮫に食われてしまうから子供らも真剣勝負だ。

捕ってきた鮫はバナナの葉にくるまれ浜辺で丸焼きにしてたちまち食われてしまう。

ヤシの実とりの少年

むかしからどういうわけか島が好きなもので、国内はもとより世界の小さな島々をずいぶん旅した。日本の島にはない最大のうらやましい風景は、ヤシの木が群生していることである。小さな無人島で、まるでマンガみたいに二～三本のひょろ長いヤシの木が兄弟みたいに寄り添って生えているのを見ると、ああ、まさしく南の島なのだなあと嬉しい気持ちになる。

よく見るとヤシはいろいろな角度に生えていて、実物を見る前に想像していたような垂直にすらりと伸びているヤシよりも、島からはみ出して海の上に枝葉を伸ばしているようなヤシをけっこう見る。

この写真はニューギニアの斜めのヤシの木のある無人島でひと休みした時の風景だが、ヤシが四十五度ぐらいの角度で海の方に大きくせり出している。ちょうど熟れ頃のヤシの実がたわわに実っている。我々と一緒に島々を巡っていたガイドの子供が二

ヤシが 45 度ぐらいの角度で海の方に大きくせり出している。
そこをスルスルのぼる兄弟。落ちても下は海だから大丈夫。

人してそのヤシの木に登りだした。四十五度の角度で進んでいけばどんどん高くなるから、果たして子供に登れるものなのだろうかと心配しながら見ていたが、慣れているのだろう、安定した速度でしっかり確実に高度を稼いでいく。

どんどん上の方に登っていくと風のせいなのか、二人の重みなのか、ヤシの木がぶるぶる震えたりするようになった。危なっかしいったらありゃあしない。親のガイドの顔を見ると平然としたものだ。「落ちたりしないんですか」とぼくはマヌケな質問をした。「慣れているからね。落ちたとしても下は海だから何ともないんですよ」という答え。なるほど。日本では絶対にお目にかかれない光景だろう。

上の方に近づいていくと、ヤシの幹も細くなり、たわみも上下に大きくなった。驚いたことに二人の少年はヤシの実に抱きつくようにして、調子を合わせてヤシの木全体を揺らしているのだった。そうして二人で反動をつけて、ヤシの実をもぎ取ろうという算段なのだ。

ヤシの実の根本はけっこう太くて硬いので、思った以上に時間がかかる。やがてあきらめて戻ってくるのだろうと思っていたら、後から行ったお兄ちゃんのほうが、キャオーというサルみたいな声を出して、ヤシの実を抱いたまま海に落ちてきた。全く見事なもので、水しぶきが大変かっこいい。弟の方はやはり体の大きさによるのだろう、とうとうひねり切ることはできず、そこから空身で海に飛び込んできた。

二人はずぶ濡《ぬ》れになって岸に上がってきた。父親のガイドは兄のほうが引っこ抜いてきたヤシの実を、ブッシュナイフで上手に飲み口を作るように上部を断ち落とし、太陽のようにピカピカ光る顔をしてぼくにそのヤシを渡してくれた。ヤシの実のジュースは程よい甘さがあっていつでもうまいものだが、その日はとりわけうまかった。

あとがき

二〇一二年からトースポ（「東京スポーツ」）で「風雲ねじれ旅」という連載をしています。その中に「世界さまざま」などというたいへん大雑把なタイトルのシリーズがあります。

トースポは、サラリーマンの頃、勤め帰りに駅の売店で買い、電車のなかで読んで帰った新聞。ぼくの青春時代はプロレスや野球とともにあったから、この新聞はまさにストライクゾーンをいく紙面でしたね。その愛着ある新聞に書き手として好きなことを書いているのだからありがたきシアワセというものです。

まったく無計画に思い出した話を書いてきたわけですが、写真がないといけないので、いろんなところに旅をしておりおりに撮ってきた写真を引っぱり出して、急速によみがえってくるそのときのことを書いてきた、というのが実際のハナシです。それをこんなふうに単行本にしてもらえるのだから申し訳ない。しかも二分冊になるという。それにしてもまあよくあっちこっち行ってきたものだ。

ちょっと残念なのは非常に厳しい旅の現場の話など、かなり面白いエピソードが沢山あるのですが、そういうときは写真など撮っている余裕もなく、こういうコラムに書けない、というもどかしい気持ちがあることでした。

でもこのようなバラバラ話を何ひとつ注文をつけずに載せてくれたトースポと、このような立派な本にまとめてくれた新日本出版社に感謝します。

二〇一九年、春

椎名　誠

文庫のためのあとがき

本を作っていく過程に「著者校正」という仕事がある。文庫の場合は単行本の初版が出て早くても三、四年は経ているから、ほんの「少しむかし」に書いたものを読みかえす、ということになる。

現代は五年もするとその風景も状況もずいぶん変わってしまうから、場所や場合によっては書いてきたぼくにとっても「むかしのものがたり」のようなコトになっていく。

モンゴルには三十年ほどのあいだ、数年おきに行っていたが、その頃に見たもの書いたものをいま思いかえすと、自分は「歴史と次元の違う世界を旅していたのかもしれない」などと思うようになった。

つい最近モンゴルの旅をしてきた人に現状を聞いた。いちじるしい変化は携帯電話の発達と変転だった。

ウランバートルに住む人々は、ほんの二十年ほど前は家庭で使っている大きな卓上型の電話を持って歩いていた。それが当時のケータイなのだった。みんな横がかえして歩いている。まさに〝携帯〟そのものだった。

その仕組みは単純だった。都市規模でしつらえられた巨大な「親機」のアンテナのまわりを、市民は端末の「子機」を持ち歩いて電話のやりとりをしているのだ。それを見た当初は「わぁ、こういう異次元的なシステムの開発、発展があったのだなあ……」と魅力的に感じたものだ。ときおりSFなどを書いているモノカキとしては嬉しい発見だった。

遊牧民が放牧している家畜を追うためには携帯電話はとてつもない「便利装置」であり、いまは一人で「スマホ」を二、三台ほど持って馬を走らせている遊牧民がたくさんいるらしい。遊牧民は世界で一番こういうものを欲しがっていた人々である、ということもよくわかっていたので嬉しい発展だった。

本書でも書いたが、ミャンマーで見た「タナカ」という化粧方法も、いまどうなっているのかとても気になる。

なかなか行けない国だし、こころやさしい人々の記憶がたくさんあるところだから、かつて見てきたこういう風習のひとつひとつの経緯を知るためにも、再び訪ねたい。そんなところがたくさんあるなあ、と思った。

世界にはナゾと魅力がまだまだいっぱいある。

二〇二三年十月十一日

椎名　誠

本書は、二〇一九年六月に新日本出版社より刊行された単行本を加筆修正のうえ、文庫化したものです。

旅《たび》の窓《まど》からでっかい空《そら》をながめる

椎名《しいな》 誠《まこと》

令和５年 12月25日　初版発行

発行者●山下直久

発行●株式会社KADOKAWA
〒102-8177　東京都千代田区富士見2-13-3
電話　0570-002-301（ナビダイヤル）

角川文庫 23943

印刷所●株式会社暁印刷
製本所●本間製本株式会社

表紙画●和田三造

●お問い合わせ
https://www.kadokawa.co.jp/（「お問い合わせ」へお進みください）
※内容によっては、お答えできない場合があります。
※サポートは日本国内のみとさせていただきます。
※Japanese text only

ISBN 978-4-04-114318-6　C0195

角川文庫発刊に際して

角川源義

第二次世界大戦の敗北は、軍事力の敗北であった以上に、私たちの若い文化力の敗退であった。私たちの文化が戦争に対して如何に無力であり、単なるあだ花に過ぎなかったかを、私たちは身を以て体験し痛感した。西洋近代文化の摂取にとって、明治以後八十年の歳月は決して短かすぎたとは言えない。にもかかわらず、近代文化の伝統を確立し、自由な批判と柔軟な良識に富む文化層として自らを形成することに私たちは失敗して来た。そしてこれは、各層への文化の普及滲透を任務とする出版人の責任でもあった。

一九四五年以来、私たちは再び振出しに戻り、第一歩から踏み出すことを余儀なくされた。これは大きな不幸ではあるが、反面、これまでの混沌・未熟・歪曲の中にあった我が国の文化に秩序と確たる基礎を齎らすためには絶好の機会でもある。角川書店は、このような祖国の文化的危機にあたり、微力をも顧みず再建の礎石たるべき抱負と決意とをもって出発したが、ここに創立以来の念願を果すべく角川文庫を発刊する。これまで刊行されたあらゆる全集叢書文庫類の長所と短所とを検討し、古今東西の不朽の典籍を、良心的編集のもとに、廉価に、そして書架にふさわしい美本として、多くのひとびとに提供しようとする。しかし私たちは徒らに百科全書的な知識のジレッタントを作ることを目的とせず、あくまで祖国の文化に秩序と再建への道を示し、この文庫を角川書店の栄ある事業として、今後永久に継続発展せしめ、学芸と教養との殿堂として大成せんことを期したい。多くの読書子の愛情ある忠言と支持とによって、この希望と抱負とを完遂せしめられんことを願う。

一九四九年五月三日

角川文庫ベストセラー